ぼくは思い出す

ぼくは思い出す

ジョルジュ・ペレック
酒詰治男訳

水声社

フィクションの楽しみ

ハリー・マシューズに

このテクストの題名、形式、そしてある程度までは精神も、
ジョー・ブレナードの『ぼくは覚えている』に想を得ている。

1

ぼくは思い出す、レダ・ケールがポルト・ド・サン＝クルーの映画館に余興で出演したのを。

2

ぼくは思い出す、伯父が登録番号7070RL$_2$の11ＣＶを持っていたのを。

3

ぼくは思い出す、映画館「アグリキュルトゥール」と、「カメラ」の革張りの《フォトゥーユ・》大型肘かけ椅子《クリュブ》と、「パンテオン」の二人掛け座席のことを。

4

ぼくは思い出す、「クリュブ・サン＝ジェルマン」でのレスター・ヤングのことを。赤いシルクの裏地のついた青いシルクの三つぞろいを着ていた。

5
ぼくは思い出す、ロンコーニ、ブランビッリャ、ジェジュス・ムジカを、そして不朽の「赤ランタン」ザーフを。

6
ぼくは思い出す、アート・テイタムがある作品のことを「愛しのロレーヌ」と呼んでいたのを。第一次大戦のあいだロレーヌに行っていたからだ。

7
ぼくは思い出す、「タク＝タク」のことを。

8
ぼくは思い出す、シャトー・デーの卓球でみんなを負かしていたある片腕のイギリス人のことを。

9
ぼくは思い出す、「プルン・プルン・トラ・ラ・ラ」というのを。

10
ぼくは思い出す、従兄アンリのとある友だちが受験準備中、一日中寝着姿でいたことを。

11
ぼくは思い出す、世界市民ゲリー・デイヴィスのことを。トロカデロ広場でタイプライターを打っていた。

12
ぼくは思い出す、レ・プティット＝ダルでのバルビュの勝負のことを。

13
ぼくは思い出す、「帝国三司教領」というのを。メスとトゥールとヴェルダンだ。

14
ぼくは思い出す、戦後しばらくの間あった黄色いパンを。

15
ぼくは思い出す、初期の「フリッパー」を。まさに、それらには不快なところなど少しもなかった。

16
ぼくは思い出す、「イリュストラシオン」誌の古い号のことを。

17
ぼくは思い出す、スチールの針と竹の針のことを。レコードを一枚かけるたびにやすりで研いだものだ。

18

ぼくは思い出す、「モノポリ」ではアヴニュ・ド・ブルトゥーユは緑色で、アヴニュ・アンリ＝マルタンは赤く、アヴニュ・モザールはオレンジ色なのを。

19

ぼくは思い出す、
「どうしてこんなに悲しいのか
わたしは訳がわからない」
というのと、
「雲のごと
われひとりさ迷い行けば、
折しも見出でたる……?……の
黄金色に輝く水仙の花」
というのを。

20
ぼくは思い出す、ジュノーがアブランテス公爵だったのを。

21
ぼくは思い出す、
「グレゴワールとアメデが、
『グレゴワールとアメデ』で、
グレゴワールとアメデを演じます」
というのを。
（そしてもちろん、フュラックスもだが）

22
ぼくは思い出す、ある日のこと、従兄のアンリが煙草工場を見学して、五本分ほどもある長さの煙草を一本持ち帰ってきたことを。

23
ぼくは思い出す、戦後は、ウィーン風ショコラもリエージュ風ショコラもなくて、長い間それらを混同していたことを。

24
ぼくは思い出す、ぼくが聞いた最初のLPレコードはチマローザの『オーボエとオーケストラのためのコンチェルト』だったことを。

25
ぼくは思い出す、「ドイツのDCAさながらに」フラックという名だったコルシカ人の舎監《ピオン》のことを。

26
ぼくは思い出す、「ハイ・ライフ」と「ナジャ」のことを。

27

ぼくは思い出す、パルク・デ・プランスでルイゾン・ボベのサインを手に入れたことを。

28

ぼくは思い出す、ぼくが知っていた一番品の悪い表現は何年ものあいだ「パンをスープに浸す《トランペ・ラ・スープ》」だったことを。こっそり読んだある俗語辞典にみつけたのだった。ぼくはそれが口にされるのを一度も聞いたことがないので、その意味するところに自信がない（たぶん「肛門を嘗める《フエール・フーユ・ド・ローズ》」と同じ意味なのだろう）。

29

ぼくは思い出す、『エモンの四人の息子たち』というのと、『パリのジャン』という名のもうひとつの物語のことを。

30

ぼくは思い出す、映画館「ロワイヤル＝パッシー」での木曜の午後の上映のことを。そこで『レ・トロワ・デスペラドス』という映画と、いくつかの挿話からなる『五発の銀の弾《レ・サン・バル・ダルジャン》』というもう一つの映画がかかっていた。

31

ぼくは思い出す、芝居を観に行った当初のある時のこと、従姉が劇場を間違えて――「オデオン座」と「リシュリュー座」をとり違えたのだ――なにかの古典悲劇の代わりにアルマン・サラクルーの『アラスの見知らぬ女』を観たことを。

32

ぼくは思い出す、マウントバッテン卿の本名がバッテンベルクだったのを。

33

ぼくは思い出す、パラシュートの絹でできたマフラーのことを。

34

ぼくは思い出す、アヴニュ・ド・メシーヌのシネマテークのことを。

35

ぼくは思い出す、セルダン＝ドートュイル戦のことを。

36

ぼくは思い出す、アルジェの町がペスカード岬とマティフー岬の間に拡がっていることを。

37

ぼくは思い出す、戦争の終わりごろに、従兄のアンリとぼくとで、軍隊あるいは軍隊の大隊を指揮している将軍の名の入った小旗でもって連合軍の進撃を地図にマークしていたことを。将軍の名（ブラッドリー、パットン、ジュコフ、等々）のほとんどを忘れてしまったが、ラルミナ将軍の名は憶えている。

38
ぼくは思い出す、ミシェル・ルグランが「ビッグ・マイク」という名でデビューしたことを。

39
ぼくは思い出す、四〇〇メートル競走のある選手がスタジアムの更衣室で盗みを働いているところを捕まったのを（そして投獄を免れるためにインドシナ戦争に従軍せねばならなかったことを）。

40
ぼくは思い出す、日本が降伏した日のことを。

41
ぼくは思い出す、「フラミンゴ」という名のアール・ボスティックの作品のことを。

42

ぼくは思い出す、アメリカの俳優ウィリアム・ベンディックスというのは洗濯機会社の御曹司ではないかと思っていたことを。

43

ぼくは思い出す、アルビノーニの「アダージョ」のことを。

44

ぼくは思い出す、ジャン・レックのラジオ番組「モンマルトルの屋根裏部屋」のことを。

45

ぼくは思い出す、ラテン語の作文をしなければならなかったおりに『ガフィオ辞典』にまるごと訳された一文を見つけたときに覚えた満足のことを。

46
ぼくは思い出す、黒シャツが流行だった時代のことを。

47
ぼくは思い出す、鉱石ラジオのことを。

48
ぼくは思い出す、マッチ箱と煙草の箱の蒐集を始めたことを。

49
ぼくは思い出す、「シャンソンの友」、エディ・コンスタンティーヌとイヴ・モンタンがデビューできたのはエディット・ピアフのおかげなのを。

50
ぼくは思い出す、サッシャ・ディステルがジャズのギター奏者だった時代のことを。

51

ぼくは思い出す、デッキつきバスのことを。次の停留所で降りたいときには、ブザーを押さねばならなかったが、前の停留所に近すぎても、当の停留所に近すぎてもいけなかった。

52

ぼくは思い出す、アヴニュー・ド・ラ・スゥール＝ロザリーのはずれにできたばかりの大型建物（十一階建てだった）がパリでいちばんノッポで、摩天楼で通っていた時代のことを。

53

ぼくは思い出す、女優のマギー・マクナマラが『月蒼くして』でしか演じなかったのをとても残念に思ったことを。後にぼくは彼女が国防長官の娘であることを知った。

54

ぼくは思い出す、ヴォルテールというのがUの代わりにVを、Jの代わりにIを綴ったArouet L(e) J(eune)〔子のアルエ〕のアナグラムであることを。

55

ぼくは思い出す、ラウル・レヴィが破産したのは『マルコ・ポーロ』と題された超大作を制作しようとしたからであることを。

56

ぼくは思い出す、「エレスカ、とても美味しい《セ・エスキ》」というスローガンを発案したのはサッシャ・ギトリーなのを。

57

ぼくは思い出す、クリスチアン・ジャックがルネ・フォールと離婚してマルティーヌ・キャロルと結婚したのを。

58
ぼくは思い出す、自動車レーサーのソメールが「アルデンヌの猪」とあだ名されていたことを。

59
ぼくは思い出す、「ガラップ」のことを。

60
ぼくは思い出す、ウインドウがセパレート・タイプになり、補助椅子のついたG－7のことを。

61
ぼくは思い出す、シャンポリオン通りの「ノクタンビュール」と「カルチエ・ラタン」が芝居小屋だったのを。

62
ぼくは思い出す、「スクービドゥー」のことを。

63
ぼくは思い出す、「ドプ・ドプ・ドプ、ドプのシャンプーをお使いください」というのを。

64
ぼくは思い出す、寄宿舎で病気になり看護室にゆくことがどれほど心地良かったかを。

65
ぼくは思い出す、週刊誌「エリッソン」(「エリッソン」は笑いかつ笑わせる)が出たときに、大スペクタクルが催され、そのおりにとりわけボクシングの試合がいくつか行われたのを。

66

ぼくは思い出す、「フレール・ジャック」とイレーヌ・イルダ、ジャック・ピルス、アルマン・メトラル、そしてマリーズ・マルタンが演じたオペレッタのことを。(数年後にやはりフレール・ジャックが演じる別のものがあったが、それは『ラ・ベル・アラベル』という名だった。アルマン・メトラルがいたのはおそらくこちらの方で、初めの方ではないのだろう)。

67

ぼくは思い出す、「アースンウエア」というのが「陶器」を意味することを理解したクラスでの唯一の生徒であった日以来、英語に関して優秀ではないにしても、それほど劣等生ではなくなったことを。

68

ぼくは思い出す、新しい車を手に入れるのに数カ月、ときとして一年以上も待たねばならなかった時代のことを。

69

ぼくは思い出す、ヴィラール＝ド＝ランスでノルマンという名の疎開者がブルトンという名の農民の家に住んでいたのをとても滑稽に思ったことを。数年後パリで、「ラマルチーヌ」という名のレストランがシャトーブリアンで有名であることを知ってぼくは同じほど大笑いした。

70

ぼくは思い出す、子供向け雑誌の「本当、嘘?」、「こんなこと知ってた?」、「信じられない、でも本当だよ」という見出しのことを。

71

ぼくは思い出す、「きみ、ぼくの小さな狂気」を歌っていたときのジャン・ブルトニエールを。

72
ぼくは思い出す、「ゴーモン＝パラス」で催されたアトラクションのことを。ぼくはまた「ゴーモン＝パラス」のことも思い出す。

73
ぼくは思い出す、サン＝ジェルマンのドラッグ・ストアの基礎を掘り起こすのがとても厄介だったことを。

74
ぼくは思い出す、「ギャルリー・バルベス」の木の人形のことを。

75
ぼくは思い出す、「ラ・ミニュート・ド・サン＝グラニエ」のことを。

76

ぼくは思い出す、パルク・デ・プランスでの大きなオートバイの後ろについて走るレースのことを。

77

ぼくは思い出す、ラングルが三つの意味で有名だったのを。寒さの記録と、刃物産業とディドロだ。

78

ぼくは思い出す、「目をつぶって、わたしはなにもかもプランタンで買います」というのと、「目を開けると、わたしはルーヴルで買い物しています」というのを。

79

ぼくは思い出す、「ペスト野郎リッジウェイ」というのを。

80

ぼくは思い出す、レイ・ヴァンチュラの大オーケストラのことを。

81

ぼくは思い出す、ヴィラール＝ド＝ランスのスキー・ゲレンデのひとつは「レ・クロシェット」、もうひとつは「レ・バン」、一番難しいのが「ラ・コート二〇〇〇」という名であることを。

82

ぼくは思い出す、『パパ、ママ、女中さんとぼく』というのを。

83

ぼくは思い出す、ぼくになんとも信じられない思いをさせた本の一冊はアンドレ・ド・フーキエール男爵によって紹介された処世術論の本であったことを。

84
ぼくは思い出す、ミシェル・ビュトールがモン＝サン＝バルール生まれなのを。

85
ぼくは思い出す、クラヴチェンコ事件というのを。

86
ぼくは思い出す、アラン・ドロンがモンルージュの豚肉製品屋の店員（あるいは豚肉屋の店員？）だったことを。

87
ぼくは思い出す、デューク・エリントンの「キャラヴァン」がレコードの珍品で、数年間、一度たりとも耳にしたこともなしにその存在だけを知っていたことを。

88
ぼくは思い出す、「粗暴な兵隊はお粗末な略奪しかしない《アン・スダール・ヌ・ヴィ・ク・ド・ラピーヌ・ゾプスキュール》」というのを。

89
ぼくは思い出す、ジャン・グレミヨンがジェラール・フィリップと同じ日に亡くなったのを。

90
ぼくは思い出す、「カプラード」と「マユー」のことを。

91
ぼくは思い出す、「なんでも博士」という名の雑誌のことを。そのシンボルは地球の形の体をした男（むしろ地球が顔になっていたのではなかったか？）だった。

92
ぼくは思い出す、カトルカールの名の謂われは、それが四分の一のミルクと、四分の一の砂糖、四分の一の小麦粉と、四分の一のバターでできているからだということを。

93

ぼくは思い出す、「ポンディチェリー、カリカル、ヤナオン、マエ」というのを。

94

ぼくは思い出す、居残りの罰を喰らったときのことを。

95

ぼくは思い出す、『ノック・オン・ウッド』という映画の中でダニー・ケイがグロメックという名のスパイに取り違えられることを。

96

ぼくは思い出す、
「ぼくは雌ライオンみたいに喉が渇いていた。
水がなんの役に立つのか知りたくて、
ぼくは叫んだ。『畜生！　呑んでやれ』」
というのを。

97

ぼくは思い出す、クデ・デュ・フォレスト氏が国連のフランス代表で、彼の名前についてある冗談が言われていたが、それがぼくにはどうにも解せなかった（おまけにひどくぎくしゃくしたものだった）ことを。

98

ぼくは思い出す、シャーリー・マクレーンがヒッチコックの『ハリーの災難』でデビューしたことを。

99

ぼくは思い出す、モザール通りのある高級食料品店が、十二月にめっぽうな高額でフルーツの籠を売り出していたが、それにはなかんずく「クリスマスの葡萄」が入っており、そいつはめったにないことでよく知られ、卵形で、とても大きく、半透明で、不味かったことを。

100 ぼくは思い出す、ティエリー・ダルジャンリュー提督が僧侶だったことを。

101 ぼくは思い出す、テニスの「銃士」たちのことを。ペトラ、ボロトラ、コシェ、デトルモーだ。

102 ぼくは思い出す、ザビア・クガートのことを。

103 ぼくは思い出す、『これがシネラマだ』を。

104 ぼくは思い出す、「コヴァク事件」のことを。「バズーカ砲事件」とも呼ばれていた。

105
ぼくは思い出す、「ベベ・カドム」のことを。

106
ぼくは思い出す、終戦後の数年パリでは、九月にスズメバチがたくさんいたことを。それは今日よりももっとずっと多かったように思われる。

107
ぼくは思い出す、『掘ったて小屋』が数年間にわたって演じられ、不滅の記録をなしていたことを。

108
ぼくは思い出す、『サボテンの花《フルール・ド・カクチュス》』というのもまた長続きして、おかげでソフィー・デマレがショワズール小路に骨董店を買うことができ、その店を「カクチュス・バザール」と呼んでいたということを。

109
ぼくは思い出す、「ダッフル・コート」の流行のことを。

110
ぼくは思い出す、ポール・ラマディエとその山羊髭のことを。

111
ぼくは思い出す、均一料金のブルーの小さなバスがあった時代のことを。

112
ぼくは思い出す、コレットが「ベルギー王立アカデミー」のメンバーだったことを。

113
ぼくは思い出す、「ル・ボナール」と呼ばれていたアペリティフのことを。

114

ぼくは思い出す、「プロスペール・ユップ・ラ・ブン」のことを。

115

ぼくは思い出す、鉄道の三等のことを。

116

ぼくは思い出す、『メリリー・ウイ・リヴ』に二匹の犬がいて、一方は「出ていけ《ゴー・アウト・オブ・イット》」、もう一方が「おまえもだ《ユー・トゥー》」という名であることを。

117

ぼくは思い出す、ジャン・ギャバンは戦前、契約によって、映画の一本ごとのお終いに死なねばならなかったことを。

118
ぼくは思い出す、アソンプシオン通りの「アレンディー」画廊でのイヴ・クラインの展覧会のことを。

119
ぼくは思い出す、ヴェルサイユでルネ・コティが共和国大統領に選ばれるのに数日を要したことを。

120
ぼくは思い出す、ロベルト・ベンツィの二本の映画のことを。

121
ぼくは思い出す、「アストラ」のことを、「高くついてきたあなたの偏見……」というのを。

122
ぼくは思い出す、アニェス・ヴァルダが「国立民衆劇場《テ・エヌ・ペー》」の写真家だったことを。

123
ぼくは思い出す、ヴァイオリニストのジネット・ヌヴーがマルセル・セルダンと同じ飛行機で亡くなったことを。

124
ぼくは思い出す、「アンドレア・ドリア号」のことを。

125
ぼくは思い出す、フルシチョフが国連の演壇を靴で叩いたのを。

126
ぼくは思い出す、「エクスプレス」が日刊紙になったときのことを。

127
ぼくは思い出す、ワルコヴィアックのことを。

128
ぼくは思い出す、ジャンヌ・モローが国立民衆劇場で演じていたのを。

129
ぼくは思い出す、ミケランジュ＝オートゥイユの、今日「モノプリ」(あるいは「プリジュニック」)のあるところに、かつて映画館があったのを。

130
ぼくは思い出す、ポワロ＝デルペックが「モンド」紙の事件記者だったことを。

131
ぼくは思い出す、「コンティキ号」の探検のことを。

132
ぼくは思い出す、「シャイヨ宮」が「トロカデロ宮」とはなんの関係もないのを知った日の驚きを。

133
ぼくは思い出す、ぼくの最初の自転車には中の詰まったタイヤがついていたことを。

134
ぼくは思い出す、「フレール・ジャック」のうち二人は本当の兄弟で、ベレックという名で、ぼくのかつての級友のひとりと同じだったというのを。

135
ぼくは思い出す、アンリ・サルヴァドールがヘンリー・コーディングという名でロックンロールのフランス版レコードの先駆けのようなものを何枚か録音したことを。

136
ぼくは思い出す、九月一日にヴァカンスから戻ってきたときのことを。そして学校なしの丸一カ月がまだ残っていたときのことを。

137
ぼくは思い出す、プジョーの息子の誘拐事件のことを。

138
ぼくは思い出す、ジャン・ボベ——ルイゾンの弟——が英語の学士だったことを。

139
ぼくは思い出す、シャルル・バッソンピエールのコンサートの司会役のことを。

140

ぼくは思い出す、「おれたちゃ若者水兵さん、
ちびものっぽもとりまぜて、
駆け出し、司令の別もなく、
チリでもシナでも、どこだって、
みんな諸手の大歓迎、
老練海の狼さ！」
というのを。

141

ぼくは思い出す、ラヌラグ通りの上の方で鉄道の環状線を横切り、ブーローニュの森に抜けることのできる小路のたもとに靴屋として使われていた小さな建物があったが、戦後その建物に鉤十字が書きなぐられていたのを。その靴屋が対独協力者だったかららしい。

142

ぼくは思い出す、アラン・ロブ＝グリエが農業技師だったことを。

143

ぼくは思い出す、「コカ・コーラ」の初期の瓶――戦時中アメリカ兵が飲んだらしいそれ――にはベンゼドリン（それが「マクシトン」の科学的な名称であることを知っていることにぼくは大いに得意になっていた）が入っていたということを。

144

ぼくは思い出す、シュークルートが好きではなかったのを。

145

ぼくは思い出す、エスター・ウィリアムズとレッド・スケルトンの出演する『人魚たちの舞踏会』というのが大好きだったが、もう一度見たときひどくがっかりしたことを。

146

ぼくは思い出す、寮生だったころ、ワックスがけを食らうことに抱いた恐怖のことを。

147

ぼくは思い出す、アヴニュ・ド・ニューヨークがアヴニュ・ド・トーキョーと呼ばれていたことを。

148

ぼくは思い出す、フィデル・カストロが弁護士だったことを。

149

ぼくは思い出す、シャルル・リグロのことを。

150
ぼくは思い出す、ぼくのファースト・ネームが「大地を耕すひと」を意味することを知ってとても驚いたのを。

151
ぼくは思い出す、フランソワ・トリュフォーが兵役についていたとき、後に週刊誌「アール」で公開されることとなった数通の手紙をルイーズ・ド・ヴィルモランに書いたのは、種子商のせいだったことを。

152
ぼくは思い出す、ウォレン・ビーティがシャーリー・マクレーンの弟であることを。

153
ぼくは思い出す、第三学年のとき古代ローマの大きな地図を作るのに、二週間以上かけたことがあるのを。

154
ぼくは思い出す、パデレフスキーがポーランド共和国の首席に選ばれたことがあるのを。

155
ぼくは思い出す、ぼくが参加した最初のデモはソルボンヌでのペタン派ジャン・ギトンの選出——あるいはその返り咲き——が原因だったことを。

156
ぼくは思い出す、アンリ・キュブニックの番組のことを。

157
ぼくは思い出す、ダリー・コールがアンドレ・ダリゴーという名であることを。

158
そしてそのことからぼくは思い出す、自転車レーサー、アンドレ・ダリガードのことを。

159
ぼくは思い出す、モーリス・ラヴェルが彼の『ボレロ』の人気をとても誇りに思っていたことを。

160
ぼくは思い出す、自転車レーサーたちがタイヤ・チューブのスペアをたすきがけにしていたことを。

161
ぼくは思い出す、クラウディア・カルディナーレがチュニス（あるいはともかくもチュニジア）生まれだったことを。

162

ぼくは思い出す、「救援に *à la rescousse*」、「伝令 *estafette*」、「蛇杖 *caducée*」、「夜明け早々に *dès potron-minet*」というような語や表現を比較的早くから知りかつ使えることが得意だったのを。

163

ぼくは思い出す、地下鉄の車内の路線図が、それぞれの駅名の下に囲みで、出口の先にある通りや、通りの番地を示していたことを（どうすればこれをもっと簡単に言えるのだろう）。

164

ぼくは思い出す、カレットが死んだのは彼がナイロンのシャツを着ていて、煙草を喫いながら眠りこんでしまったからなのを。

165

ぼくは思い出す、マルティーヌ・キャロルの死後、宝石類が見つかるのではないかとの希望のもとに――と推測されたのだったが――何者かに墓が荒らされたことを。

166

ぼくは思い出す、ディヌ・リパッティがピアノの演奏を覚えたのはとても遅く、二十歳のころだったということを。

167

ぼくは思い出す、「プラターズ」が麻薬事件に関係した嫌疑をもたれたこと、またダリダがＦＬＮの中心人物だという噂が流れたことを。

168

ぼくは思い出す、「ヴェル・ディヴ」の六日間競走のことを。

169
ぼくは思い出す、ノーマン・グランツのコンサート「ジャズ・アット・ザ・フィルハーモニック」のことを。

170
ぼくは思い出す、「ドゥー＝ザーヌ」と「トロワ＝ボーデ」のことを。

171
ぼくは思い出す、クエヴァス公爵のバレエ団のことを。

172
ぼくは思い出す、スポック博士が米国の大統領候補だったことを。

173
ぼくは思い出す、「世界一速い」女、ジャックリーヌ・オリオールを。

174 ぼくは思い出す、六八年五月のことを。

175 ぼくは思い出す、ビアフラを。

176 ぼくは思い出す、インド・パキスタン戦争を。

177 ぼくは思い出す、ユーリ・ガガーリンを。

178 ぼくは思い出す、「ステューディオ・ジャン・コクトー」が以前は「セルティック」と呼ばれていたことを。

179
ぼくは思い出す、ジッドの死の翌日、モーリアックが次のような電報を受け取ったことを。「ジゴクハソンザイセズ。キデンハウンサンムショウスベシ。ぴりおど。じっどシルス」と。

180
ぼくは思い出す、バート・ランカスターがアクロバット芸人だったのを。

181
ぼくは思い出す、「ボビノ座」でジョニー・アリディがレーモン・ドゥヴォスの前座を務めたことを（ぼくは「こんな男が成功を収めるなら、首を括ってもいい……」というたぐいのことさえ口にした憶えがある）。

182
ぼくは思い出す、マリナ・ヴラディがデビューしたのは『あとは野となれ……』という名のカヤットの映画でだったことを。

183 ぼくは思い出す、ぼくがしょっちゅうベレックという名の生徒と混同されたことを。

184 ぼくは思い出す、弾倉付きピストル《レヴォルヴェール》そっくりの握りのついた懐中電灯を持っていたことを。

185 ぼくは思い出す、地下鉄の切符の孔を。

186 ぼくは思い出す、ボニーノのワンマンショーのことを。

187
ぼくは思い出す、トランペット奏者クリフォード・ブラウンが自動車事故で二十代で死んだことを。

188
ぼくは思い出す、ジュヌヴィエーヴ・クリュニー演じる『白い歯のお嬢さん』のことを。

189
ぼくは思い出す、SFIOというのが社会主義労働者インターナショナル・フランス支部を意味していたことを。

190
ぼくは思い出す、シム・コパンズのジャズ番組のことを。

191

ぼくは思い出す、「カウ・ボーイ」というのが「牛飼いの少年」を意味することを知って感じた驚きを。

192

ぼくは思い出す、自転車レーサー、ルイ・カピュのことを。

193

ぼくは思い出す、ロベスピエールが憲兵メルダに顎を撃ち砕かれたが、この憲兵は後に騎兵隊長になったことを。

194

ぼくは思い出す、「もうたくさんだ」と鯨が言う、「おれは背中がヤワいからな、水に隠れるぜ」と、「ラシーヌはモリエール泉の水を飲む」というのを。

195
ぼくは思い出す、「のど自慢」のことを。

196
ぼくは思い出す、マリナ・ヴラディがオディル・ヴェルソワの妹であること（そして彼女たちが画家ポリアコフの娘であることも）を。

197
ぼくは思い出す、犬のリン＝チン＝チンが出てくる映画、シャーリー・テンプルが出演する映画、ミヌー・ドルーエの詩のことを。

198
ぼくは思い出す、「ピペット」というあだ名だった十三人制ラグビーの名選手ピュイグ＝オーベールのことを。

199
ぼくは思い出す、「乱痴気パーティー《バレエ・ローズ》」のスキャンダルのことを。国民議会議長アンドレ・ル・トロッケがまき添えをくらった。

200
ぼくは思い出す、昔、拡張される前のことだが、「ビュッシュリー」にジャン・リュルサの壁掛けがあり、そこに「夜はその闇の蔭に日を隠す」という詩文が読めたことを。

201
ぼくは思い出す、現在の「イポポタミュス」（左岸、モベールから遠からぬところ）のある場所に有名なレストラン・オーナー「ガラン」が店を開いていたことを。

202
ぼくは思い出す、ニットの絹のネクタイの流行を。

203
ぼくは思い出す、地下鉄の駅（広場もだったと思うが）シャルル＝ミシェルが「ボーグルネル」という名だったことを。

204
ぼくは思い出す、「バジル、どこへ行くの、白い馬に跨がって」というのと「小さな馬車」、「ぼくは殺さなかった、盗みもしなかった、でも母さんが信じられなかった」というのを。

205
ぼくは思い出す、シャバン＝デルマの納税通知書のことを。

206
ぼくは思い出す、ピエール・ブノワのヒロインすべてのファースト・ネームがAで始まることを（どうしてそれが驚くべきことなのか、ぼくにはどうしても解せないが）。

207
ぼくは思い出す、ソフィー、ピエール、シャルルが競走したとき、勝ったのはソフィーだったというのを。というのもシャルルはぐずつき、ピエールはブレーキをかけ、ソフィーはダッシュしたから。

208
ぼくは思い出す、「レットル・フランセーズ」のことを。

209
ぼくは思い出す、『ジャングル・ブック』では、バギーラというのが豹で、モーグリが子供、バンダー・ログが猿どもなのを（だが熊と蛇はなんという名だったか）。

210
ぼくは思い出す、ファウスト・コッピに「白い夫人」という恋人がいたことを。

211
ぼくは思い出す、「まじめな雌牛」と呼ばれていたチーズのことを（「笑う雌牛」が訴訟をしかけて勝った）。

212
ぼくは思い出す、カンティンフラスという名のメキシコ人喜劇俳優のことを（『八十日間世界一周』でパッスパルトゥー役を演じていたのは彼だと思う）。

213
ぼくは思い出す、水泳選手アレックス・ジャニーのことを。

214
ぼくは思い出す、ジャック・デュクロの鳩のことを。

215

ぼくは思い出す、ジャン゠ポール・サルトルがジョン・ヒューストンの『フロイト』のシナリオの仕事をしたことを。

216

ぼくは思い出す、紋章の色の名称を格別の注意を払って覚えたことを。シノープルは緑、サーブルは黒、ギュルは赤を意味する、云々。

217

ぼくは思い出す、アルジェのクーデターの「一握りの《キャルトロン》」将軍たち、サラン、ジュオー、シャル、ゼレールのことを。

218

ぼくは思い出す、

「ジュールはヘラクレス男《エルキュール》、セラファンは音楽家《ミュージシアン》、ママは夢遊病者《ソムナンビュール》で、ぼくはなんでもなし」というのを。

それに、

「きゅで卵があったとさ、／マレンヌの牡蠣のやつがあったとさ、／な、なんてすてきがあったとさ、／むっつかしいメートル法があったとさ、／聖キュキューファの御仁があったとさ、／ロシアのヨカトリーヌがあったとさ、／シャンパーニュ産のトロワの町があったとさ、／二つの聖書、旧約に新約があったとさ、／だけどマタイの頭には毛は一本しかなく、／聖ヨハネの口には歯が一本しかなかったとさ」というのを。

219
ぼくは思い出す、肝臓用の「カルテール」という小さな薬のことを。

220
ぼくは思い出す、ベルナール・ビュッフェが貧乏で、「絵狂い」だった彼は、シーツに絵を描かざるをえなかったことを。

221
ぼくは思い出す、「フィガロ」紙のセネップのデッサンと、「ユマニテ」紙のミッテルベルクのそれとを（彼はその後タンとサインしはじめた）。

222
ぼくは思い出す、アンドレ・ジッドがノルマンディーのある小さな村の村長になり、果樹園芸家であることを自慢していたのを。

223
ぼくは思い出す、デイヴィッド・ストーン・マーティンによって描かれた、大抵の場合ジャズの、レコード・ジャケットのことを。

224
ぼくは思い出す、シネマスコープの最初の映画が『聖衣』と呼ばれた（それも愚作だった）ことを。

225
ぼくは思い出す、ボリス・ヴィアンが、彼の『墓に唾をかけろ』を原作とする映画の上映の出がけに死んだのを。

226
ぼくは思い出す、「ピルスとタベ」を。

227
ぼくは思い出す、自転車レーサーのフェルディナント（フェルディ）・キュプラーが肘窩のうえのところに（雲母製でゴムの留め紐のついた）サングラスをつけていたのを。それはスキーの選手たち全般と同じやりかただった。自転車レーサーたちは普通額かヘルメットの上のサンバイザーのところにのせていたのに。

228
ぼくは思い出す、ダリオ・モレノのことを。

229
ぼくは思い出す、ロジェ・ヴァイアンが『フォスター大佐告白する』と題された芝居を書き、内務大臣が上演を禁止したことを。

230
ぼくは思い出す、戦争が終わるころにランドリュ事件に似た「プショー事件」というのがあったことを。

231

ぼくは思い出す、ハリスとセドゥィの番組「千六百万人の若者たち」というのを。

232

ぼくは思い出す、ロシアの道化師ポポフとスイスの道化師グロックを。

233

ぼくは思い出す、何人かのサッカー選手のことを。ベン・バレク、マルシュとジョンケ、そしてもっと後のジュスト・フォンテーヌを。

234

ぼくは思い出す、五〇年代の半ばごろ、ネクタイ代わりに、時に極端に細い紐をつけることがしばらくの間シックとされていたことを。

235
ぼくは思い出す、サックス奏者バルネ・ウィランのことを。

236
ぼくは思い出す、ホレスの回文――「エカロー」――がホレス・シルヴァーの一作品の題なのを。

237
ぼくは思い出す、シャンゼリゼのドラッグ・ストアの火災のことを。

238
ぼくは思い出す、サビュのことを。

239
ぼくは思い出す、マルコムXのことを。

240
ぼくは思い出す、タイヤを履いた車両を備えた最初の地下鉄の線がシャトレ～リラ間のものだったことを。

241
ぼくは思い出す、医師ボンバールのことを。

242
ぼくは思い出す、戦時中イギリス人たちはスピットファイアを、ドイツ人たちはシュトゥーカ（そしてメッサーシュミット）を持っていたことを。

243
ぼくは思い出す、百二十一のことを。

244
ぼくは思い出す、スタンダールがほうれん草好きだったことを。

245
ぼくは思い出す、レピーヌ・コンクールのことを。

246
ぼくは思い出す、シトロエンが巨大な電光広告のためにエッフェル塔を使ったことを。

247
ぼくは思い出す、ド・ゴールにピエールという名の弟がおり、「パリ見本市」の統括にあたっていたことを。

248
ぼくは思い出す、「フィナリー事件」のことを。

249
ぼくは思い出す、年少の俳優ロベール・リネンのことを。彼は『にんじん』と『舞踏会の手帖』（こちらではほんのチョイ役）に出演し、戦争の初めに死んだ。

250
ぼくは思い出す、ル・プティ＝クラマールのテロ事件のことを。

251
ぼくは思い出す、アヴニュ・ド・ロペラの映画館「ステュディオ・ユニヴェルセル」のことを。アニメ映画祭の専門館だった。

252
ぼくは思い出す、レスター・ヤングは「ザ・プレッツ」と、またポール・キニチェットは「ザ・ヴァイス・プレッツ」とあだ名されていたことを。

253
ぼくは思い出す、「シャプ」というのがヨーロッパ連合軍最高司令部を指していたことを。

254
ぼくは思い出す、ブヴァールとラティネの対数表を。

255
ぼくは思い出す、シャロン・テート殺人事件のことを。

256
ぼくは思い出す、映画の領域でのマッカーシズムの主要な犠牲者は監督のシリル・エンドフィールド、ジョン・ベリー、ジュールズ・ダッシン、ジョゼフ・ロージーならびにシナリオ作家のダルトン・トランボだったことを。みな亡命したがダルトン・トランボだけは別で、彼は数年のあいだ偽名で仕事せねばならなかった。

257

ぼくは思い出す、オーディー・マーフィーが第二次世界大戦中受勲回数の最も多いアメリカ兵で、その自らの役柄を、武勲をなぞるある（凡庸な）映画で演じた後に俳優になったことを。

258

ぼくは思い出す、ジェイムズ・スチュワートがグレン・ミラーの生涯に捧げられた映画でこのジャズ・ミュージシャン役を演じたが、そのミラーの最もよく知られた作品は「ムーン・ライト・セレナーデ」という名であることを。

259

ぼくは思い出す、ド・ゴールが権力の座に就いて行った最初の決定のひとつは、軍服の上着のベルトを取り去ることだったのを。

260
ぼくは思い出す、シャイヨ宮のペディメントに刻み込まれた四つの文はポール・ヴァレリーによる書きおろしなのを。

261
ぼくは思い出す、サン＝ジェルマン大通りの「プティット・スルス」のカウンターと「厨房」の部分は以前は入って右側にあり、今日のように奥の左側ではなかったことを。

262
ぼくは思い出す、ジュリアン・グラックがリセ・クロード・ベルナールの歴史の先生だったことを。

263
ぼくは思い出す、プレジダン・ロスコのことを。

264
ぼくは思い出す、ラスパと呼ばれていたダンスのことを。

265
ぼくは思い出す、リー・ハーヴェー・オズワルドのことを。

266
ぼくは思い出す、髭テニスのことを。街路を通る髭男を勘定するものだった。一人目は十五点、二人目は三十点、三人目は四十点で、四人目が通ると「ゲーム」になった。

267
ぼくは思い出す、
「ラーマージャ・ラ・ムケール／ラーマージャ・ボノ／スープ入れにお尻をおつけ、／熱いかどうか分かるだろ」
というのを。

268

ぼくは思い出す、裁判のあいだ中、アイヒマンがガラスの囲いに入れられていたのを。

269

ぼくは思い出す、ボクサーのレイ・ファムション、そしてストック、シャロンのことを。そしてたくさんのレスラーたち（白い天使、ベチュニアの首切り人、小皇子、ドクトル・アドルフ・カイザー、等々）のことも。

270

ぼくは思い出す、マルコヴィッチ事件のことを。

271

ぼくは思い出す、ボンネットの前（ラジエーターの栓の近く）にとりつけられ、蚊や羽虫がフロントガラスにぶつかって潰れないようにした雲母あるいはセルロイド製のパネルのことを。

272
ぼくは思い出す、パリ・バレエ団の三人の花形ダンサーはロラン・プティ、ジャン・ゲリス、ジャン・バビレだったことを。

273
ぼくは思い出す、聖クレパンと聖クレピニアンが靴屋たちの守護聖人なのを。

274
ぼくは思い出す、ピアニストのモニク・ド・ラ・ブリュショルリがシャルトルの大聖堂で（一九五三年だったかに）行ったなんともすばらしいリサイタルのことを。

275
ぼくは思い出す、マヨネーズの創案をポール＝マオンの攻囲（ナポレオン三世治下）にまで遡らせるある逸話のことを。

276
ぼくは思い出す、ジャン・ジョレスがモンマルトル通りの「カフェ・デュ・クロワッサン」で暗殺されたことを。

277
ぼくは思い出す、黒い潮（最初のものは「トリー・カニヨン」号のそれだった）と、赤い泥のことを。

278
ぼくは思い出す、「ロボット」という言葉はチェコ語で、たしかカレル・チャペックが創案したものなのを。

279
ぼくは思い出す、リュク・ブラドフェールの冒険のことを。

280
ぼくは思い出す、ウディ・ハーマンの大オーケストラのことを。

281
ぼくは思い出す、歩兵隊でカポラルおよびセルジャンと呼ばれるところのものは砲兵隊、機甲部隊、輜重隊ではブリガディエ、マレシャル・デ・ロジと呼ばれていることを。

282
ぼくは思い出す、モーリス・シュヴァリエがマルヌ=ラ=コケットに領地を持っていたことを。

283
ぼくは思い出す、アルジェリア戦争の末期にサン=ジェルマン大通りの仕立屋ジャック・ロモリの店が数回犠牲になったプラスティック爆弾テロのことを。

284
ぼくは思い出す、ジョージ・キューカーの『ガールズ』の三人のヒロインたちのことを。タイナ・エルグ（フィンランド人だった）、ミッチ・ゲイナー、そしてレックス・ハリソンの妻ケイ・ケンドール。彼女は映画のすぐ後に亡くなった。

285
ぼくは思い出す、桁の和が9になるような数字は9で割れることを（ときにぼくはこれを確かめるのにいく日かの午後を過ごしたことがある……）。

286
ぼくは思い出す、折り返しのないズボンを目にするのがごく稀だった時代のことを。

287
ぼくは思い出す、ポルフィリオ・ルビローサのことを（トルヒーヨの娘婿だったろうか）。

288
ぼくは思い出す、「カラン・ダッシュ」というのは「鉛筆」を意味するロシア語（Karandach だったか）のフランス語への転写であることを。

289
ぼくは思い出す、コントレスカルプの二つのキャバレーのことを。「シュヴァル・ドール」と「シュヴァル・ヴェール」だった。

290
ぼくは思い出す、「きみが好きだよ、きみが大好きさ」というのを（「ムスターファ」という名でも知られていた）。ボブ・アザンとそのオーケストラが演奏していた。

291
ぼくは思い出す、ぼくが見たジェリー・ルイスとディーン・マーティンの最初の映画は『底抜け艦隊』というものだったことを。

292

ぼくは思い出す、第三学年のとき、だったと思うが、三軒の家に、パイプが交差することなしに水とガスと電気を供給しようとして過ごした時間のことを（二次元空間に止まるかぎり解答は存在しない。ケーニヒスベルクの橋、あるいは地図の彩色同様、これはトポロジーの基本例のひとつだ）。

293

ぼくは思い出す、
「6たす4は11《シセ・キャトル・フォン・トンズ》」と言わねばならないのか、それとも「6たす4は11《シセ・キャトル・フォン・オンズ》」なのか？
それに、
アンリ四世の白馬の色はなに色か？
というのを。

294
ぼくは思い出す、『異邦人』の主人公はアントワーヌ（？）・ムルソーという名であることを。彼の名が思い出せないことが何度も指摘された。

295
ぼくは思い出す、縁日の綿菓子のことを。

296
ぼくは思い出す、「キス」用の口紅、「キスできる口紅」のことを。

297
ぼくは思い出す、衝撃が少し強いとすぐに二つに割れてしまった陶器製のビー玉と、めのう製のビー玉、ときに水泡が入っていたガラス製の大きなビー玉のことを。

298
ぼくは思い出す、前輪駆動車ギャング団のことを。

299
ぼくは思い出す、「豚の湾」というのを。

300
ぼくは思い出す、「三ばか大将」と、バド・アボットとルー・コステロのことを。そしてボブ・ホープ、ドロシー・ラムーア、ビング・クロスビーのことを。それにレッド・スケルトンも。

301
ぼくは思い出す、シドニー・ベシェが『夜は魔法使い』という題のオペラ――あるいはバレエだったろうか――を書いたことを。

302
ぼくは思い出す、ひどくちっぽけな錠のくっついた「エルメス」のハンドバッグのことを。

303
ぼくは思い出す、「間断なく」という表現の意味するところが分からなくて苦労したのを。

304
ぼくは思い出す、「リーダーズ・ダイジェスト」の「あなたの語彙を増やそう」というゲームのことを。

305
ぼくは思い出す、「ビュルマ」の宝石のことを（「ミュラ」の宝石というのもなかっただろうか）。

306

ぼくは思い出す、

「月曜日の朝／皇帝とお妃と皇子さまが／ぼくのおうちにやってきて／ぼくに握手しようとしました／ぼくがいなかったので／皇子さまが言いました。ならば、また火曜にまいろう」

云々というのを。

307

ぼくは思い出す、

——どうして北部地方の娘たちはおませなのかしら?

——だって、ト短調の協奏曲だもの。

308

ぼくは思い出す、「『ナビュコドノゾール』、こいつを二文字で書いてごらん」、という問題とその答え、「あれ《サ》、セ・セディーユ・アだよ」、というのを。

309
ぼくは思い出す、「ぼくのおそまつくんがおけつで揺れる」というのを。

310
ぼくは思い出す、
——エッフェル塔と、あんたのシャツと、あんたの家族とはどう違う?
——?
——エッフェル塔は巨大で、あんたのシャツは襟が汚いのさ!
——? それで、あんたの家族は?
——とても元気さ、ありがとう。
というのを。

311

ぼくは思い出す、イヴァン・ラビビーヌ・オズゾフと、ヤマモト・カカポテと、ハリー・カヴァーのことを。

312

ぼくは思い出す、ジャン＝ポール・サルトルが「フランス・ソワール」のために、「砂糖畑の嵐」と題されたキューバについての一連の論文を書いたのを。

313

ぼくは思い出す、ブールヴィルのことを。

ぼくは思い出す、ブールヴィルのコントのことを。そこで彼は、みせかけの講演の段落ごとの結論に、何度もこう繰り返していたのを。「アルコールはいかんよ。含鉄鉱泉はいいけどさ！」と。

ぼくは思い出す、『そんなに馬鹿じゃない』というのと、『ユッソン夫人のバラの木』というのを。

314
ぼくは思い出す、「ヴァクヴァ」のことを。

315
ぼくは思い出す、「ジョルジュ・リーグ」という名の巡洋艦があったのを。

316
ぼくは思い出す、「頭《カプート》」から派生したたくさんの語を知っているのが得意だったことを。「隊長《キャピテーヌ》」、「ボンネット《カポ》」、「首領《シェフ》」、「家畜の頭数《シェプテル》」、「あたま《カボーシュ》」、「首都《キャピタル》」、「カピトリウムの丘《キャピトル》」、「章《シャピトル》」、「伍長《カポラル》」等々だ。

317
ぼくは思い出す、シャーリー・テンプル演じる『連隊のマスコット』というのを。

318
ぼくは思い出す、しょっちゅう、「いいかい《エクト》、いいかい《エクト》！」と言っていたロジエ・ニコラのことを。

319
ぼくは思い出す、「カランバール」のことを。

320
ぼくは思い出す、「ギュスタン医師の酸化リチウム剤」のことを。

321
ぼくは思い出す、みんながプールに行き始めたエタンプの五月のことを。

322
ぼくは思い出す、「ハインツ」の五十七種類をいつしか手に入れようという野心を抱いていたことを。

323
ぼくは思い出す、クロステルマンと司令官ムショットのことを。後者はその後ぼくにとって友人たちがモンパルナス裏のコマンダン＝ムショット通りでみつけた猫の名前になった。

324
ぼくは思い出す、フリゾン＝ロッシュの『ザイルのトップ』のことを。

325
ぼくは思い出す、ニューヨークを数時間のあいだ闇に浸した大停電のことを。

326
ぼくは思い出す、『禁じられた遊び』のブリジット・フォッセーとジョルジュ・プージュリーのことを。

327
ぼくは思い出す、テオ・サラポのことを。

328
ぼくは思い出す、「ヌーヴォー・カンディッド」という名の週刊誌のことを。

329
ぼくは思い出す、『出口なし』のなかで「バルベディエンヌの銅像」が問題になっているのを。

330
ぼくは思い出す、ある計算の規則を数回使用しようと試み、また数回現代数学の教科書に挑んでみたことを。ゆっくり進み、練習問題ほかのすべてをこなしながら、順番どおりに教科をすべて読めば、気遅れする理由などなにもありはしないと思いながら。

331
ぼくは思い出す、ジュッシュー通りの「リュテース座」のことを。

332
ぼくは思い出す、ピガールの「シガール」のことを。そこではアル・リルヴァとそのオーケストラが三十年以上にもわたって演奏した。

333
ぼくは思い出す、「バンド・ア・バーデール」のことを。

334
ぼくは思い出す、「ヌーヴェル・ヴァーグ」のことを。

335
ぼくは思い出す、ジャン＝クロード・ブリアリーが「ペダルをゆっくり踏めば踏むほど、わたしはゆっくり進むことになる」という雄大な文句を口にするのは『水の話』と題されたヌーヴェル・ヴァーグの短編映画でのことだったのを。

336
ぼくはまた思い出す、「エクスプレス」誌に「ヌーヴェル・ヴァーグの週刊誌」という副題がついていたので、みんなが期待しているのは精確なニュースを伝えることを自負する報道機関だろうに、と「カナール・アンシェイネ」誌がすっぱ抜いたことがあるのを。

337
ぼくは思い出す、ジョゼフ・ラニエルのことを。

338
ぼくは思い出す、「牛についていらっしゃい」というのを。

339
ぼくは思い出す、ジャン＝ピエール・モルフェと、だれだったかが司会をつとめたラジオ番組（「お気に召すまま」）のことを。

340
ぼくは思い出す、ジャン・ノアンことジャブーヌと彼の番組「四千万人のフランス人」（そして「一日だけの女王さま」）というのを。

341
ぼくは思い出す、「ぼくのスリッパどこいった？」と歌っていたときのジャン・コンスタンタンのことを。

342
ぼくは思い出す、「ムスタッシュ」のことを。

343
ぼくは思い出す、モーグリ・ジョスパンという名のジャズ・ミュージシャンのことを。

344
ぼくは思い出す、「ゴルフ・ドルオ」のことを（一度も行ったことはないけれど）。

345
ぼくは思い出す、「署名はフュラックス」および他のいくつかの「滑稽な」番組を放送したのはピエール＝アルノー・ド・シャッシー＝プーレだったことを。

346
ぼくは思い出す、「ワンダーの電池は使わなければ減りません」というのを。

347
ぼくは思い出す、「キャリオカ」、『ジャンボ』、『バンビ』、そして『三人の騎士《レ・トロワ・キャバレロス》』を（そしてもちろん『ファンタジア』のことも）。

348
ぼくは思い出す、『子鹿物語』という題名の本と、ビーバー（それにぼくが「ヘラジカ《オリニャル》」ではなくていつも「オリジナル」と呼んでいた、鹿の一種であるもう一匹）の調教師の生活の物語であるもう一冊の本、それに『わが友フリッカ』とマゾ・ド・ラ・ロッシュのことも。

349
ぼくは思い出す、レーモン・スプレックスとジェーン・スルザ出演の『ベンチで』というのを。

350
ぼくは思い出す、「シーニュ・ド・ピスト」叢書のことを（『アヤックの一味』、『エリック皇子』、『朱色のブレスレット』、等々だ）。

351
ぼくは思い出す、ルーダンのおばちゃん、マリー・ベナールのことを。

352
ぼくは思い出す、「CCCのレインコートを着ていたら、雨は入らず叩くだけ」（中学ではみんな「叩かず入るだけ」と言っていた）というのを。

353
ぼくは思い出す、東方の三博士というのがガスパール、メルキオール、バルタザールという名であることを。

354
ぼくは思い出す、三匹の子豚の一匹はナフ・ナフという名なのを。だが他のやつらは？

355
ぼくは思い出す、七人の小人のうち何人かだけを。グランシュー、サンプレ、ドクだ。

356
ぼくは思い出す、「ラダール」という定期刊行物のことを。

357
ぼくは思い出す、歌っている闘牛士の絵が入った歯磨き粉「ダイヤモンドの《エマーユ・》エナメル質《ディアマン》」を。

358

ぼくは思い出す、地下鉄の路線「アンヴァリッド〜ポルト・ド・ヴァンヴ」を。パリで一番短いものだった。現在では最も長いものの一部となっている。

359

ぼくは思い出す、伯父が剃刀の刃を研ぐ器械を持っていたことを。

360

ぼくは思い出す、黄色のマフラーをつけていたリセ・クロード・ベルナールの自習監督のことを。黄色が寝とられ男の色であることをぼくが知ったのはこのときのことだ。

361

ぼくは思い出す、ケッヘル（Queue-Chelle）というのが人のことで、BWV《ベー・ヴェー・ファウ》を意味するのを知ったときのことを。

362

ぼくは思い出す、極みのいくつかを。
――恐怖の極みはなんだ？
――進んでゆく振子時計を前に後ずさりすることさ。
――床屋にとっては？
――愚か者にパーマをかけることと壁を剃ることさ。
というのを。

363

ぼくは思い出す、ベルナール・ブリエ出演、ルイ・ダカンの映画『道草』というのを。ダカンはフレネの方法にヒントを得ていた。

364

ぼくは思い出す、「読書クラブ」の会員だったことがあり、そこで買った最初の本がサンドラールの『難航す』だったことを。

365
ぼくは思い出す、家屋に描かれた広告のことを。

366
ぼくは思い出す、「ソワッソンの壺」のことを。

367
ぼくは思い出す、「イセッタ」と、スクーターの流行のことを。

368
ぼくは思い出す、『ただひと夏の踊り』のことを。

369
ぼくは思い出す、キャリル・チェスマンのことを。

370
ぼくは思い出す、ピエール神父のことを。

371
ぼくは思い出す、兎粘液腫《ミクソマトーズ》を。

372
ぼくは思い出す、『失われた大陸』のことを。

373
ぼくは思い出す、ザピー・マックスを。

374
ぼくは思い出す、ザトペックのことを。

375
ぼくは思い出す、ファンジオの誘拐のことを（カストロ派によるものだったか？）。

376
ぼくは思い出す、『近視のマグー』のことを。

377
ぼくは思い出す、車がクラクションを鳴らしてもよかったころのことを。そして「ルー・ルー」という音のクラクションのことを。

378
ぼくは思い出す、「ゴワシェル」姉妹のことを。

379
ぼくは思い出す、アル・レーヴィットという名のドラマーのいた、サン＝タンドレ・デ・ザール通りの「カメレオン」のことを。

380
ぼくは思い出す、バオ・ダイと、ずっと後のことだが、ヌー夫人のことを。

381
ぼくは思い出す、イギリス人自転車レーサー、ハリスのことを。トラック・レースの世界記録（百メートルのだったか、一時間走のだったか？）保持者だった。

382
ぼくは思い出す、ピカソの鳩と、スターリンの肖像画を。

383
ぼくは思い出す、ジャン＝ポール・ダヴィッドのことを。

384
ぼくは思い出す、「親が呑むと、子供につけが廻る」というのを。

385
ぼくは思い出す、枢機卿スペルマンのことを。

386
ぼくは思い出す、タウンゼンド大佐のことを。

387
ぼくは思い出す、オリノコ＝アマゾン探検のことを。そして初めての八千メートル峰アンナプルナのことを。さらにシェルパのテンジンのことも。

388
ぼくは思い出す、ノエル＝ノエル出演の『もの静かな男』のことを。

389
ぼくは思い出す、クリスチーヌ・キーラーとプロフューモ事件のことを。

390
ぼくは思い出す、巨人アトラス（そして小人ピエラールだったか？）のことを。

391
ぼくは思い出す、ルムンバのことを。

392
ぼくは思い出す、サン＝ミシェル大通りの上手に、たしか「シャントクレール」という名の店があり、そこで（旧）二〇フラン支払うと（七十八回転の）レコードが一枚聴けたことを。

393
ぼくは思い出す、腕を折ったときのことを。そしてクラス全員に石膏に献辞してもらったことを。

394
ぼくは思い出す、袋競走というのを。

395
ぼくは思い出す、「お口でとろけて、手でとけない……」というのを。

396
ぼくは思い出す、「カイエ・デ・セゾン」、「八四」、「コンタンポラン」、「メルキュール・ド・フランス」、「ターブル・ロンド」、「カイエ・ド・ラ・プレイアード」、等々、等々を。

397
ぼくは思い出す、「コンセール・パクラ」のことを。そして「ユーロペアン」も。

398
ぼくは思い出す、ヴィダル・サスーンのことを。

399
ぼくは思い出す、「プロヴォ」のことを。

400
ぼくは思い出す、鐘が授業の終わりを告げるのを待っていたことを。

401
ぼくは思い出す、「フランソワーズ・ジルー唱えるところの燻製ニシンからキャビアまで、あるいは情熱について」という名の「タン・モデルヌ」に載ったクロード・ランズマンの論考のことを。

402
ぼくは思い出す、ボワット・ド・ココのことを。

403

ぼくは思い出す、ルイ・マルがその経歴に就いたのは司令官クストーと『沈黙の世界』を撮ることでだったのを。

404

ぼくは思い出す、「ロリアンテ」でのクロード・リュテールのことを。

405

ぼくは思い出す、「赤いバラ」と「四季の泉」のことを。

406

ぼくは思い出す、ポール＝エミール・ヴィクトールのことを。そしてアルーン・タジエフのことを。

407

ぼくは思い出す、
——ウク・エラボン・ポラン？
——アラガール・エルピス・エフェ・カカ！
というのを。そして、
ケザーレム・レガト・アラクレム・エオールム
というのを。

408

ぼくは思い出す、リエージュ〜バストーニュ〜リエージュ、そしてボルドー〜パリ、パリ〜ブレスト〜パリ、さらにパリ〜カマンベール、ミラノ〜サン・レモ、おまけにトゥール・デュ・ドーフィネ、等々、等々を。

409

ぼくは思い出す、バカロレア試験の行列《モノーム》のことを。

410
ぼくは思い出す、モンパルナスの昔の駅のことを。

411
ぼくは思い出す、一九四六年の国民投票には二つの質問があり、「はい・いいえ」と答えるのと「いいえ・はい」と答えるのとでは大違いなのだと伯父がぼくに説明したのを。

412
ぼくは思い出す、ジャック・ゴデとジョルジュ・ブリッケのことを。

413
ぼくは思い出す、木曜日のラジオ番組「フランスの若者たちは音楽家」というのを。

414
ぼくは思い出す、翼の生えた馬がシンボルだったガソリンと、もうひとつ、「アジュール」という名だったのと。

415
ぼくは思い出す、「枕投げ」のことを。

416
ぼくは思い出す、プジョーの番号（二〇一、二〇三、三〇二、三〇三、四〇三、四〇四、等々）がある精確な意味を持ち、機関車の番号（たとえば「パシフィック二三一」）もそうだったことを。

417
ぼくは思い出す、O・ソグローの『小さな王様』と、床屋で順番待ちしながら読んだ新聞のことを。

418
ぼくは思い出す、「ジュヴァキャトル」のことを。

419
ぼくは思い出す、コレージュから帰ったときに浴びた、土曜の午後の風呂のことを。

420
ぼくは思い出す、「メカノ」の第六番に到達することを夢見ていたのを。

421
ぼくは思い出す、本当に鉛でできた鉛の兵隊と、陶器製のものとを。

422
ぼくは思い出す、カブスカウトだったころのことを。だが部隊名は忘れてしまった。

423
ぼくは思い出す、映画館「ロワイヤル＝パッシー」の光を放つ幕間広告のことを。

424
ぼくは思い出す、
「ウインドウのこの犬はおいくら、黒と白のこのかわいい犬は」
というのを。

425
ぼくは思い出す、「シクスティーン・トン」を。

426
ぼくは思い出す、「ガストン、電話が鳴ってるよ」というのを。

427

ぼくは思い出す、「あそこの山の上に白壁に板葺きの古い山小屋があって、扉の前に大きなカバノキがありました」というのを。

428

ぼくは思い出す、「あそこの山のうえに／太ったしり／太った田舎尻祭がおりました／司祭はでっかいきとう／祈祷書を持っていて／そこからきん／（「決まり文句」だったか？）／を見つけだしました」というのを。

429

ぼくは思い出す、「もうたくさん《ジャン・ネ・マール》、金輪際こりごり《マー・ラ・ブー》、紐の端っこ《ブー・ド・フイセル》、馬の鞍《セル・ド・シュヴァル》、競走馬《シュヴァル・ド・クルス》、駆けっこ《クルス・サ・ピエ》、仮住い《ピエ・タ・テール》、ティエラ・デル・フエゴ《テール・ド・フー》、鬼火《フー・フオレ》、牛乳《レ・ド・ヴァシュ》、農場の牛《ヴァシュ・ド・フエルム》、黙りやがれ《フエルム・タ・ギュル》、云々」というのを。

430
ぼくは思い出す、どれほどヨーハン・シュトラウスが好きだったかを。そしてシャトレ劇場で『ウインナ・ワルツ』を観たときどれほど幸せだったかを。

431
ぼくは思い出す、「レーダー」という語が頭字語であることを。また日本人に対して失礼な当てこすりを含んでいるらしい「ナイロン」という語のことも（人工の絹のゆえに。つまりぼくはレーヨンのことを思い出す）。

432
ぼくは思い出す、次のように終る韻文の広告のことを（一行目の初めは忘れてしまった）、
「……の顔で／額では皺がその跡を刻みこんでいたが／その目は寄る年波から守られている／〈スティグマル〉のレンズ、〈オリゾン〉の眼鏡のおかげで！」

433
ぼくは思い出す、「デュラトン家族」のことを。

434
ぼくは思い出す、デイヴィー・クロケット風の毛皮の縁なし帽のことを。

435
ぼくは思い出す、ひどく凸凹のブリキ罐に牛乳を貰いにいったころのことを。

436
ぼくは思い出す、『この世に男のいるかぎり』というのを。

437
ぼくは思い出す、カナスタの勝負に勝ったことがあるのを。

438
ぼくは思い出す、ミジャヌー・バルドーのことを。

439
ぼくは思い出す、エフレム・ジンバリスト・ジュニアのことを。

440
ぼくは思い出す、
「パパちゃん、今日はあなたの誕生日／ママはパパがいないと言った／パパの頭を飾る花をぼくは持っていたのに……」
というのを（続きは忘れてしまった）。

441
ぼくは思い出す、
「馬鹿じゃねえんだぞ／教育だってあるんだぜ／リセのパパ／リセのパパ／パピヨンじゃ」
というのを。

442
ぼくは思い出す、エミール・イデーとギー・ラペビーを。

443
ぼくは思い出す、フラフープを。

444
ぼくは思い出す、ヨーヨーを。

445
ぼくは思い出す、ロミー・シュナイダーの出演する『シシー』を。

446
ぼくは思い出す、『ファールビック』を。

447
ぼくは思い出す、「アイ・ライク・アイク」と、「ユー・エス・ゴー・ホーム」と、バリー・ゴールドウォーター（AuH_2O）を。

448
ぼくは思い出す、アヴニュ・ドュ・メーヌのジャン・ロビックのカフェを。

449

ぼくは思い出す、RTLのジャン・ヤンヌと、彼の忘れがたい地口のことを。すなわち、「よそで撃たないか《ティール・アイユール》、そこはおれんちの庭先だ《セ・メ・ガレ》！」、「やつらは飢えた愚かな司祭どもだ《ス・ソン・ダヴィッド・エ・ベット・ザベ》！」、「九人の役者がいつも二度電話してくる《ヌフ・アクトゥール・ソヌ・トゥジュール・ドゥ・フォワ》！」、「苛立った司祭が子供たちをシャワーから出す《ラベ・イリテ・ソール・ド・ラ・ドゥーシュ・デ・ザンファン》！」等々。

450

ぼくは思い出す、何人かの陸上競技の選手のことを。ウヴィオン、パパ・ガロ・ティアン、サント＝ローズ、ジャジー、ピクマル、ピュジャゾン、そしてヴァルリ・ブランメル（彼はひどい自動車事故に遇った）とテール・オヴァネシアンだ。

451

ぼくは思い出す、チャールズ・ロートンの映画『狩人の夜』で「子供たちよ……」と言うときのロバート・ミッチャムのことを。

452

ぼくは思い出す、スキーを固定する三つの方法を。ひとつは踵の窪みで、ひとつは足のずっと前の方に張られたワイヤーで、もう一つは締め紐で。

453

ぼくは思い出す、

——エンドウ豆はなに色だい？

——緑さ。

——ちがうとも、エンドウ豆は赤さ。

454

ぼくは思い出す、『いかれぽんち《ブランキニョル》』と、『デュギュデュ』、そして『まあ、みごとなお髭』というのを。

455

ぼくは思い出す、フランク・フェルナンデルのことを。

456
ぼくは思い出す、アルジェリア爆弾と呼ばれていた、紙に包まれた小さな爆竹のことを。

457
ぼくは思い出す、エミール・アレ、ジャム・クテ、アンリ・オレイエを。

458
ぼくは思い出す、グロリア・ラッソ、ティルダ・タマール、マリア・フェリックスのことを。

459
ぼくは思い出す、「ポワン・デュ・ジュール」、「本質的保証」、等々、等々のことを。

460
ぼくは思い出す、クエヴァス公爵とセルジュ・リファールの決闘のことを。

461
ぼくは思い出す、映画館でのニュースのことを。

462
ぼくは思い出す、オデオン座のアーケード下の古本屋のことを。

463
ぼくは思い出す、「バルザック、エルデール、スカラ、ヴィヴィエンヌ」のことを。

464
ぼくは思い出す、百貨店の入口のキオスクで、小さなミシンでストッキングをかがっていた婦人たちのことを。

465 ぼくは思い出す、イマ・スマック（アンデスの鶯）のことを。

466 ぼくは思い出す、シュヴァイッツァー博士のことを。

467 ぼくは思い出す、ルネ＝ルイ・ラフォルグと「赤毛のジュリー」のことを。

468 ぼくは思い出す、バスが数字ではなく文字で表示されていたことを（八四番になった『文体練習』の有名な「S」もそれに由来する）。

469
ぼくは思い出す、「シドニーの愛人は一人じゃない」、「ハーレー・ダヴィッドソンに乗ったらだれも怖くない」、「夏の終わりに」を歌っていたブリジット・バルドーのことを。

470
ぼくは思い出す、ベティ・マクドナルドの『卵とわたし』というのを。

471
ぼくは思い出す、アメリカの車を。「デ・ソトー」、「スチュードベーカー」、「ポンティアック」、「オルズモビル」、「シヴォレー」、「パッカード」、そして「V型の八シリンダー」を備えていたのでV8と呼ばれたものを。

472
ぼくは思い出す、『トンプソン少佐の手帳』を。

473
ぼくは思い出す、ジョージ・ミケーシュの『外国人でいる方法』と、『スキーを滑りやすくする方法』を。

474
ぼくは思い出す、『愛しのキャロリーヌ』を（本も映画も）。

475
ぼくは思い出す、「修正面積」というのを。

476
ぼくは思い出す、「国外亡命者」というのを。

477
ぼくは思い出す、精確には他のものと同じ車両ではなかった地下鉄の南北線のことを。

478
ぼくは思い出す、地下鉄の、

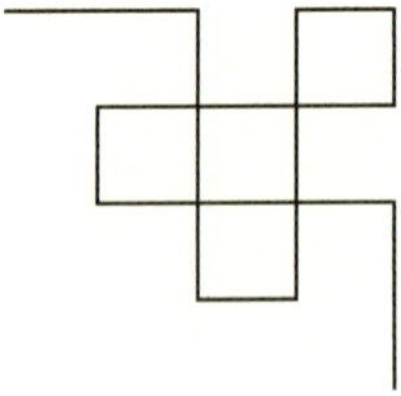

のことを。

479
ぼくは思い出す、「フライング・エンタープライズ号」に乗った「勇ましい船長」のことを。

ぼくは思い出す、

（続く……）

著者あとがき

いくつかが「カイエ・デュ・シュマン」誌（第二六号、一九七六年一月）に発表されたことがあるこれら「ぼくは思い出す」は一九七三年一月から七七年六月にかけて集められた。その原理は単純で、ほとんど忘れられた、どうでもいい、凡庸な、万人にではないにせよ、少なくとも多くにとって共通の思い出を見つけだそうと試みるものだ。

これら思い出の大半はわたしの十歳から二十五歳にかけて、すなわち一九四六年と六一年のあいだに散見される。戦前の思い出を喚起するとき、それらはわたしにとって神話の領域に属する時代に関わっている。そんなわけで、ある思い出が「客観的」には間違っていることもある。たとえば「思い出す」***101***でわたしはテニスの高名な「銃士たち」を正しく思い出しているけれども、引き合いに出している四人のうち本当にその一員だったのは二人（ボロトラとコシェ）

だけで、ブリュニョンとラコストはずっと後にしかチャンピオンにならなかったペトラとデトルモーに入れ替わってしまっている。

訳者注釈

＊ ここでは本文に対応する項目番号がふられている。またここに掲げたのは、以下の「注釈」ならびに「訳者あとがき」で参照したペレックの著作ならびに、本書に関わる主要な研究・批評、伝記などである。必要なものには、それぞれの末尾に略号を示した。

ペレックの作品

『眠る男』、海老坂武訳、晶文社、一九七〇年

『物の時代・小さなバイク』、弓削三男訳、白水社、一九七八年

『人生 使用法』、酒詰治男訳、水声社、二〇一〇年（『使用法』）

『Wあるいは子供の頃の思い出』、酒詰治男訳、水声社、二〇一三年（『W』）

『考えること／分類すること』*Penser/Classer*,（Hachette, 1985）

『エリス島物語』、酒詰治男訳、青土社、二〇〇〇年

『さまざまな空間』、塩塚秀一郎訳、水声社、二〇〇三年

『煙滅』、塩塚秀一郎訳、水声社、二〇一〇年

『家出の道筋』、酒詰治男訳、水声社、二〇一一年（『道筋』）

『五十三日』« *53 jours* » (P.O.L., 1989)

ペレックに関する著作

Philippe Lejeune, *La Mémoire et l'Oblique. Georges Perec autobiographe*, P.O.L., 1991（ルジュンヌ）

Roland Brasseur, *Je me souviens de "Je me souviens" - notes pour "Je me souviens" de Georges Perec à l'usage des générations oublieuses*（2e édition revue et corrigée）, éditions Le Castor Astral, 1998（ブラッスール）

デイヴィッド・ベロス『ペレック伝』、酒詰治男訳、水声社、二〇一四年（ベロス）

1★**レダ・ケール**（一九〇五―六三）はエジプト出身の歌手、俳優。オペレッタを経て三〇年代から五〇年代末まで、ポピュラーソングを歌い絶大な人気を博した。**ポルト・ド・サン＝クルー**はパリ西南部十六区の市門、広場、通りの名称。映画館とはおそらく「ポルト・ド・サン＝クルー・パラス」のこと。オートゥイユ、ギュダン通り一七番地に所在した。『アソンプシオン通り往来』（*Allées et venues rue de l'Assomption*［*L'Arc*, 1979, pp.28-34.］）にこの館で上映中の映画のポスターへの言及がある。七二年に「トロワ・ミュラ」の三館に分割。八六年に閉鎖。

2★「**伯父**」とは少年時代の作家をひきとった父方の伯母エステールの夫であるダヴィッド・ビーネンフェルド（一八九〇―一九七三）のこと。CVは馬力 cheval fiscal の略号で、この馬力数はしばしば車種の名称でもある。この場合はシトロエン社の車種。なお車の**登録番号**は五〇年三月までは、最初の四桁が県内の登録順を、アルファベットが県名を示し、最後の数がそのアルファベットのシリーズの何番目かを示した。RLはセーヌ県（六四年に四県に分割）を意味した。『W』の第XXV章にも疎開から戻った少年ペレックが「伯父の黒いオンズ・シュヴォー（11 chevaux）に乗った」との記述がある（二一〇頁）。

2 シトロエン

3★「**アグリキュルトゥール**」は二八年創設の名画座、のち「ブロードウェイ」に改名、九区アテーヌ通り八番地に六二年まで所在した。農民《アグリキュルトゥール》組合の跡地を利用したことが名の由来。「**カメラ**」は十六区アソンプシオン通り七〇番地にあった映画館、「クリュブ七〇」が三〇年代末に変名、『使用法』第九十四章（五三二頁）でも言及されている。「**パンテオン**」は五区ヴィクトール＝クザン

通り一三番地に〇七年に開業した映画館、現「ユーロップ・パンテオン」。座席の工夫は映画全盛時代の客寄せを反映するものであろう。

4★ **レスター・ヤング**（一九〇九―五九）は米国のテナー・サックスとクラリネット奏者、三六年から四〇年までカウント・ベイシー（一九〇四―八四）楽団の一員、のち小編成の楽団を率いる。「大統領」（「ザ・プレズ」）のあだ名あり。「**クリュブ・サン＝ジェルマン**」は「タブー」などとともに終戦直後サン＝ジェルマンに開かれたジャズ専門のキャバレー、ボリス・ヴィアンなどの主催で時に「本場」のジャズ奏者たちが招かれた。ヤングのパリ公演は五九年。

5★ **アルド・ロンコーニ**（一九一八―）はイタリアの自転車レーサー、四〇年から五二年まで現役。**ピエール・ブランビッリャ**（一九一九―八四）はスイス生まれの自転車レーサーで、イタリア国籍だったが四九年フランスに帰化した。四七年のトゥール・ド・フランスで途上ロンコーニと共に上位を占めながらも、最後にジャン・ロビックに敗れる。両者とも資質に恵まれながらも、大きな記録を残さなかった。**ジェジュス・ムジカ**（一九二六―五〇）はスペイン出身のフランスの自転車レーサー、四〇年代後半に活躍。**アブデル＝カデール・ザーフ**（一九一七―八六）はアルジェリア出身のフランスのレーサー。トゥール・ド・フランスで殿《しんがり》で到着する常習者として人気を博した（J. Augendre et les autres, *Le dictionnaire des coureurs*, La maison du sport, 1998）。「**赤ランタン**」は本来列車などの後尾灯のこと、ここでは自転車競走の「びり」を指す。

6★ **アート・テイタム**（一九一〇―五六）は米国のジャズ・ピアニスト。「**愛しのロレーヌ**」は四〇年代を中心に録音されたこの奏者のスタンダード・ナンバー。ナット・キング・コールのテーマ曲でもある。**ロレーヌ**はしばしばドイツに占領されたフランス北東部の地方。ところでこの地に第一次大戦中に、盲目に近い、一〇年生まれのテイタムが「行っていた」ことはおおよそありそうにない。

7★**タク=タク**は七〇年ごろに流行した子供の遊び、紐の先についたプラスティックの玉をかち合わせる。日本でも同じころに流行、「カチカチボール」、「アメリカンクラッカー」と呼ばれた。

7 タク=タク

8★**シャトー・デー**はスイスの町。ベロスに次のような記述がある。「[ペレックは一九]五一年の夏の一部をスイスのシャトー・デクスにある語学学校で過ごした。英語を学ぶために〔……〕送りこまれたのだが、他方従兄弟のユリエル〔一九三六—〕が、こちらはフランス語を身につけるためハイファから戻ってきていた。〔……〕二人の少年はデイヴィッド・ハワードという名の片腕のない、常勝のイギリス人とピンポンをして毎回負け〔……〕」（一二六頁）。

9★**「プルン・プルン・トラ・ラ・ラ」**はフランシス・ブランシュ（一九二一—七四）作詞、ロルフ・マルボ（一九〇六—七四）作曲の、映画俳優ジョルジュ・ゴッセ（一九〇六—八〇）が四六年に歌ったシャンソン。元来「隣近所でみんなが歌う」のリフレインの部分が、次第にタイトルにとって代るようになった。シャンソン、レヴュー作家サン=グラニエ（一八九〇—一九七六）のラジオ番組「ラ・ミニュート・ド・サン=グラニエ」のテーマ曲として六〇年代の終わりに使われた。

10★**従兄アンリ・シャヴランスキー**（一九三〇—）は伯父ダヴィッドの妹ベルト（一九〇四—六九）の息子。少年ペレックはヴェルコールに疎開中の終盤にベルトの家に引き取られ、アンリは実質的に兄のような役割を果たした。主題からしてパリに帰った後の思い出であろう。

11★**ゲリー・デイヴィス**（一九二一—）は元米空軍パ

イロットで、自ら「世界市民」を名乗り、冷戦開始直後の四八年に国連の入口階段にテントを張り、国連本部に乗り込んで平和主義を訴えた米国出身の市民運動家。カミュ（一九一三―六〇）に代表される多少のフランス知識人の共感を買ったものの、本人は直後に若気のいたりであったことを表明、平凡な米国市民の生活に戻った。『使用法』第九十一章（五二四頁）に同名の人物が登場する。**トロカデロ広場**は十六区の広場。

12★**レ・プティット＝ダル**はノルマンディー地方フェカン近傍の海水浴場。**バルビュ**は三十二枚の、四人で勝負する、通常は四回戦のカードゲーム。六四年以降作家夫婦はこの地にある友人の別荘でしばしば週末を過ごした（ベロス、三九八頁）。

13★「**帝国三司教領**」とは一五五二年にアンリ二世（一五一九―五九）が神聖ローマ帝国のカール五世（一五〇〇―五八）から奪取した三都市メス、トゥール、ヴェルダンの名称。一六四八年のウェストファリア条約で正式にフランス領となる。現在ではそれぞれモーゼル県、ムルト＝エ＝モーゼル県、ムーズ県に所在。

14★戦後しばらくの間、主要な食品に対して配給制が敷かれた。パンが黄色だったのはトウモロコシの粉を小麦粉に混ぜたため。

15★「**フリッパー flipper (s)**」はカフェなどに常設されているコイン遊戯機ピンボールの英語（六四年に仏語化）、同時に「落ち込む」、「不快を覚える」という自動詞でもある。作家自身このゲームの愛好者だった。『使用法』の諸処での言及に加えて、『さまざまな空間』に次のような記述がある。「多くの場所が、鮮やかな想い出に結びついているものだ［……］六時間ぶっ続けでピンボールをやったカフェ（それも、二十サンチームを最初

15 **フリッパー**

に一枚入れただけで」（一三七頁）。

16★「**イリュストラシオン**」はジャーナリスト、ジャン＝バティスト＝アレクサンドル・ポーラン（一七九六―一八五九）を中心に一八四三年に創刊された大判の挿絵入り時事週刊誌、一九四四年に廃刊、四五年に「フランス・イリュストラシオン」に代わった。「古い号」とは戦前のものを指すのであろう。

16 イリュストラシオン

17★一九二〇年代から五〇年代にかけて主流を占めていた七十八回転レコードの再生針には、原則として、毎回交換する鋼鉄針または竹針が用いられていたが、ＬＰ時代になってからはダイヤモンドまたはサファイア針が用いられた。

18★「**モノポリ**」は二十世紀初頭に米国で生まれた「独占遊び」の商標名、盤を進みながら地所を買うことによって不動産の独占権を得ようとする盤上ゲームのひとつ。**アヴニュ・ド・ブルトゥーユ**は十五区に、**アヴニュ・アンリ＝マルタン**、**アヴニュ・モザール**はいずれも十六区に現存するパリの街路。

18 モノポリ

19★「**どうしてこんなに……**」はドイツの詩人ハイネ（一七九七―一八五六）の『歌の本』（一八二七）に収められた「帰郷」の冒頭句（井上正蔵訳、下巻、岩波文庫、一九五一年、一三頁）。『五十三日』ではエタンプの授業の思い出として同じ詩の冒頭の四行がドイツ語で再現されている(p.33)。作曲家フリードリヒ・ジルヒャー（一七八九―一八六〇）の曲『ローレライ』の歌詞として知られる。「**雲のごと……**」はイギリスの詩人ワーズワース（一七七〇―一八五〇）の「水仙」の題で知られる一八〇四年作の詩。欠語は「一群のhost」（『ワーズワース詩集』、田部重治選訳、岩波文庫、一九三八年、一三七頁）。

20★**ジュノー**ことアブランテス公爵（一七七一―一八一三）は将軍。イタリア、エジプト遠征でナポレオンに認められるも、イギリスのウエリントン軍にスペインで敗れたあとに自殺した。叔母ベルトの一族が住んでいたモンマルトルの通りの名に関わる思い出（『W』二一〇頁、ベロス、一〇二頁）。

21★**グレゴワール**（一九二三―）は俳優、劇作家で、五三年に作家ジャン・タルデュー（一九〇三―九五）の要請で、俳優**アメデ**（一九二三―）とデュエット番組「グレゴワールとアメデ」を制作した。

20　ジュノー通り

「言語の不条理」がテーマの「スケッチ」ものが人気を博した。フェラックスについては*345*を参照。

22★*10*と同じ**従兄アンリ**。ヴィラール＝ド＝ランス時代の思い出であろう。

23★**ウィーン風ショコラ**は生クリーム入りのココアのことで、商品名としても存在する。**リエージュ風ショコラ**は（生クリームをかけた）チョコレート・アイスクリーム。

24★**ドメニコ・チマローザ**（一七四九―一八〇一）はイタリアの作曲家。『**オーボエとオーケストラのためのコンチェルト**』はチマローザの若いころのピアノ・ソナタをイギリスの作曲家アーサー・ベンジャミン（一八九三―一九六〇）が編曲したもの。なお**LP版レコード**はハンガリー出身の米人発明家ピーター・ゴルトマーク（一九〇六―七七）によって作られ、四八年に発売されたが、フランスでは四九年以降普及した。

25★**DCA**はDéfense Contre l'Avionの略号で、「対空砲、対空砲撃隊」の意。ドイツ語では

Fliegerabwehrkanonen で、**フラック** Flak と略される。なお「**舎監** pion」はもともとチェスの歩《ポーン》のことで、中学、寄宿舎などに配属された監督官に対する卑語。**コルシカ島**は一七六九年以降フランス領。

26★「**ハイ・ライフ**」と「**ナジャ**」はともにフランスの一九三〇年代の煙草の銘柄。前者は赤い箱に唐草模様入り、後者は茶色の箱に黄色の帯、中央にガラガラ蛇がとぐろを巻いている。『五十三日』でエタンプの思い出として特に前者を「イイ・リーフ」と発音していたことが言及されている（p.36）。

27★**パルク・デ・プランス**は十六区ポルト・ド・サン＝クルーにある巨大スタジアム、一八九七年に竣工、現在では主にサッカー、ラグビーの競技場として使用され、五万人近くを収容する。**ルイゾン・ボベ**（一九二五―八三）は往年の名自転車レーサー、五三、五四、五五年と三回トゥール・ド・フランスで連続優勝。なおこのスタジアムは作家の通っていたリセ・クロード・ベルナールの真向かいにあり、当時は自転車競技場であり、長距離レースの発着場でもあった。

28★「**スープに浸す**」は、普通の慣用表現では「パンをスープに浸す」の意味だが、俗語では「棒などで人を叩きのめす」、さらに「品の悪い」表現では「同性愛者同士が交代で男役女役をする」の意。

29★『**エモンの四人の息子たち**』は武勲詩『ルノー・ド・モントーバン』の登場人物。シャルルマーニュに追われることになったエモン伯の四人の息子、ルノー、アラール、リシャール、ギシャールが愛馬バイヤールによって命を救われる中世騎士物語。『**パリのジャン**』はスペインの皇女をめぐるフランスの皇子とイギリスの君主との恋の鞘当てを主題とする十五世紀末、中世最後の小説。

30★「**ロワイヤル＝パッシー**」は十六区、パッシー通り一八番地に一九三〇年以来存在する映画館、後「ブロードウェイ」に名を変え、現在は「マジェスティク・パッシー」。『**レ・トロワ・デスペラド**

ス』はおそらく米国の監督ニューフィールド（一八八九―一九六四）の五一年の映画『命知らずの三人』の仏題。**『五発の銀の弾』**《レ・サン・バル・ダルジャン》については詳細不明、おそらく西部劇であろう。なお当時は木曜日に学校が休みだった。

31★リュクサンブール宮の傍らにある「**オデオン座**」は一九四六年から五九年までコメディー・フランセーズの分館となり、パレ＝ロワイヤルの「**リシュリュー座**」と区別して「リュクサンブール座」と呼ばれ、主に現代劇が上演されていた。**アルマン・サラクルー**（一八九九―一九八九）はアカデミー・ゴンクールの劇作家。**『アラスの見知らぬ女』**は三六年の作品。なお**従姉**とはおそらくエラ・ビーネンフェルド（一九二七―）のこと。

32★**マウントバッテン卿**はドイツのバッテンベルク起源のイギリス王族、第一次大戦時のイギリスにおける反独感情を機に、元来の姓を英語風に変えた。ベルクは「山」。フィリップ・マウントバッテン卿（一九二一―）は王女、ついで女王エリザベスと結婚し（四七年）エディンバラ公となる。

33★連合軍によるパラシュート降下、投下が盛んに行われたヴェルコールでの終戦直後の思い出。『W』一八一頁に次のような記述がある。「学校そのものについては、アメリカのバッジ〔……〕とパラシュートの絹でできたマフラーに関わる猛烈な取り引きの場であったこと以外、ほとんどなにも憶えていない」。なお「**パラシュートの絹**」とは実はナイロン。

34★**シネマテーク**は過去の映画や資料を保存し、定期的に上映する施設。フランスのそれは一九三六年にアンリ・ラングロワ（一九一四―七七）を中心に設立された。戦時中は八区の**アヴニュ・ド・メシーヌ**に置かれ、戦後五五年に五区ユルム通りに、また六三年にはシャイヨ宮に移された。以後ジョルジュ・ポンピドゥー文化センター、パレ・ド・トーキョー、グラン・ブールヴァールなどに併設、移転を繰り返し、二〇〇二年にベルシーに再開設された。

35★**マルセル・セルダン**（一九一六―四九）はアルジェリア生まれのフランスを代表するボクサー。三八年に世界ウェルター級、四八年にはミドル級チャンピオンになったが、飛行機事故で命をおとした。**ロラン・ドートゥイル**（一九二四―七一）もミドル級のボクサー、四六年二月のロベール・シャロン（一九一八―）との試合はフランス・ボクシングのピークのひとつ。ただし上の二人の対戦の記録は少なくとも公式のものには見当たらない。

36★アルジェリアの首府**アルジェ**は地中海沿岸部の中央に位置するアルジェ湾に臨む港町で、北西の**ペスカード岬**と東の**マティフー岬**に挟まれる。ただしこの記述はむしろ書物上の思い出であろう。ジュール・ヴェルヌ（一八二八―一九〇五）の『アドリア海の復讐』（一八八五）（第二部第一章）から引用された体格の対照的な二人のアクロバット芸人（『使用法』第三十五章、二〇三頁）がこれらの岬に因んでいる。

37★**ラルミナ**（一八九五―一九六二）はフランスの将軍。六一年に「植民地軍の叛乱」を引き起こした士官たちの軍法会議の議長に就く直前に謎の自殺をとげた。**ブラッドリー**（一八九三―一九八一）はノルマンディー上陸作戦でアメリカ軍を率いた将軍。**パットン**（一八八五―一九四五）はアメリカの将軍、四三年にチュニジア、イタリアで、四四～四五年にはノルマンディーで戦ったのち不慮の死を遂げる。**ジュコフ**（一八九六―一九七四）はソ連の将軍。『W』第XXⅢ章冒頭（二〇〇―二〇一頁）に本文同様の記述がある。

38★**ミシェル・ルグラン**（一九三二―）はピアニスト、オーケストラ指揮者であるとともに、ジャズ、とりわけヌーヴェル・ヴァーグの映画音楽家、「シェルブールの雨傘」（六四年）、「ロッシュフォールの恋人たち」（六七年）などで知られる。「**ビッグ・マイク**」は仏語の本名ミシェルを「マイケル＝マイク」、さらにルグラン（仏語で大きなの意）を「ビッグ」と読み替えたもので、ジャズの圧倒的流入期にデビューしたことを物語るもの。五〇年代のジャズのレコードには、本名と併記されている。同じ名が『使用法』第九十章（五二〇頁）でインディアンのあだ名として用いられている。

39★ルカルムに「高名なハードル選手ジャン＝フランソワ・Aの〔……〕一九四九年ごろの不祥事」(Jacques Lecarme, La page des sports, *Magazine littéraire* N° 316, décembre, 1993, p.41) とある。

40★『W』の第ＸＸＸⅢ章（二〇二頁）に一九四五年五月のある日に日本が降伏した旨の記述がある。ところで第二次世界大戦での日本の実質的な降伏宣言は周知のように四五年八月十五日、公式の降伏は四五年九月二日、東京湾内の米国戦艦ミズーリ号上での降伏文書への調印による。四五年五月七日にドイツが無条件降伏、しかし日本は同月九日に戦争継続を宣言している。これが誤って報道された可能性もあるが、どうやら作家の少年期の思い込みらしい。

41★**アール・ボスティック**（一九一三―六五）は米国のアルトサックス奏者、バンド・リーダー。「リズム・アンド・ブルース」の草分け的な存在だった。「**フラミンゴ**」は五一年の作品。

42★**ウィリアム・ベンディックス**（一九〇六―六四）はアメリカの映画俳優、芝居、ブロードウェイを経て四〇年代にハリウッドで活躍、なおベンディックスは三七年に初の自動式洗濯機を開発したアメリカの家電メーカーの名前。

43★**アルビノーニ**（一六七一―一七五〇）はイタリアの作曲家。ただし「**アダージョ**」はレモ・ジャゾット（一九一〇―九八）が散逸したアルビノーニのソナタをもとに四五年に作曲したもの。最近ではアルビノーニとは無縁との説もある。

44★**ジャン・レック**（一八九九―一九六四）はシャンソン作家、ポスター画家、作家。「**モンマルトルの屋根裏部屋**」は四六年に彼が創作したラジオ番組、毎週日曜日正午に放送され、たちまち人気を博した。死後も妻のラーヤが編集してフランス放送協会ＯＲＴＦで七四年まで継続。

45★『**ガフィオ辞典**』は三四年にアシェット社から刊行されたラテン語＝フランス語辞典。編纂者フェリックス・ガフィオ（一八七〇―一九三七）はラテン語学者、一九一一年から二七年までソルボンヌで、二七年から三七年までブザンソンで教鞭をとる。『五十三日』（p.29）のエタンプの思い出にほぼ原文どおりの言及がある。『人生使用法』第九十六章（五四二頁）では医師ダントヴィルが同じ辞典を使用する。

46★「**黒シャツ**」はムッソリーニ（一八八三―一九四五）率いるイタリアのファシスト党員が一九一九年以来第二次大戦の終わりまで着けていた制服。その後もいくつかの国において全般に極右思想の信奉者たちの象徴でありつづけた。

47★**鉱石ラジオ**は鉱石の整流作用を利用したラジオ受信機。真空管の普及以前の二十世紀初頭から第二次大戦にかけて広く用いられ、戦後も子供たちの工作の対象として生き残った。『五十三日』（p.36）のエタンプの思い出に言及がある。

48★フランスでは一九二六年に煙草とマッチの製造は「たばこ＝マッチ産業開発事業公社」に委ねられ、専売方式となった。したがって、郵便切手など同様、煙草ばかりかマッチの箱も種類が限定され、蒐集の対象となった。

49★「**シャンソンの友**」はジャン＝ピエール・カルヴェ（一九二五―八九）、ジョー・フランション（一九一九―九二）、ジャン・ルイ・ジョベール（一九二〇―）、ユベール・ランスロ（一九二三―九五）、フレッド・メラ（一九二四―）とルネ・メラ兄弟（一九二六―）、ジェラール・サバ（一九二六―）、ギー・ブルギニョン（一九二〇―六九）、ジャン・ブルッソル（一九二〇―八四）の九人からなる四二年に結成されたヴォーカル・グループで、一時解散同様になったが戦後すぐにピアフと共演すると、以後人気を回復した。**エディ・コンスタンティーヌ**（一九一七―九三）は米国出身の歌手、俳優、四八年ミュージカルでピアフの相手役を勤めシャンソン歌手としてデビュー。**イヴ・モンタン**（一九二一―九一）はイタリア出身の歌手、俳優、ムーラン・ルージュでピアフと共演して以来業界での地位を固める。**エディット・ピアフ**（一九一五―六三）は三〇年代に名声を確立したシャンソン・レアリストの代表的存在、新人歌手たちが世に出る手助けをするとともにその多くを恋人にした。

50★**サッシャ・ディステル**（一九三三―二〇〇四）は歌手、ギター奏者、五〇年代後半にはジャズ界のギター演奏の第一人者。後に俳優、ラジオのヴァラエティー番組などでも活躍。レイ・ヴァンチュラの甥。

51★**デッキつきバス**はルノーTN4H型と呼ばれていたもの。三六年就業、七一年に廃止。定員五〇名、後部にデッキがついていた。

52★**アヴニュー・ド・ラ・スゥール＝ロザリー**は十三区プラース・ディタリーに発するアヴニューだが、その建物の実際の所在地はその西のクルールバルブ通り三三番地。現実には二十一階建て（外観は二階分で一階に見える）。一九五八年から五九年にかけて建造、六一年に分譲された普通の集合住宅。以来六〇年代初頭からおし進められた再開発で、パリ市内の随所に高層ビルが建つことになる。

53★**マギー・マクナマラ**（一九二八―七八）は米国の女優。**『月蒼くして』**は五三年の作品。他にも『愛の泉』（五四年）、『枢機卿』（六三年）などに出演している。ただ、ここで言及されているらしい国防長官、おそらくロバート・マクナマラ（一九一六―二〇〇九）は女優の伝記のいずれでも触れられてはおらず、また生年からしてもマギーの父親とは考えにくい。

54★**ヴォルテール**（一六九四―一七七八）は本名フランソワ・マリー・

52 **大型建物**

アルエ François Marie Arouet。文学者、啓蒙思想家。**アナグラム**はある語句の文字を並べ換えて別の語句を作ること。ここでは「制約」が緩すぎてほとんどアナグラムを成していないことが冷やかされている。「子のアルエ」は「父のアルエ」に対比する英語の「ジュニア」に相当する称号。なおこの点について次のような指摘がある。「アナグラムはある人にとっては、本名を隠す方法として実用的に使われた。ヴォルテール(Voltaire)は本名をアルーエといい、Arouet L. J.〔……〕のUをV、JをIとしてアナグラムで作った筆名である。カザノヴァは『わが回想録』で、ヴォルテールが名前を変更したと覚しき理由を述べている。〈ヴォルテールは、アルーエという名で不朽の名声を獲得したくはなかったろうと思う。〔……〕人から絶えず〈なぐられ役〉(à rouer)と呼ばれ続けたら、自尊心は微塵もなくなっていたであろう〉」(T・オーガート、『英語ことば遊び事典』、新倉俊一、杉山和芳ほか訳、大修館、一九九一年、一四三頁)。

55★**ラウル・レヴィ**(一九二二—六六)は映画プロデューサー。ロジェ・バディム(一九二八—二〇〇〇)、ブリジット・バルドー(一九三四—)のコンビで成功。六〇年クリスチアン・ジャックに監督を託した『マルコ・ポーロの奇想天外な冒険』が未完に終わり躓く。

56 エレスカ

56★**サッシャ・ギトリー**(一八八五—一九五七)は劇作家、ブールヴァール演劇の代表的存在。エレスカはバナニアなどと並んで戦前に流行した朝食用粉末飲料——ミルク・チョコレート——の一種。一九〇六年にブルターニュで創業。箱に再現された《L.S.K.c.S.Ki》《エレスカ・セ・エスキ》〔=エレスカ、とても美味しい〕を謳い文句とした広告はアルファベットの読みからなる言葉遊びを大々的に援用した最初のも

の。この文句に「サッシャ・ギトリーによる」との但し書が付されている。劇作家の一五年ごろの発案によるものらしい。

57★**クリスチアン・ジャック**（一九〇四—九四）は映画監督。**ルネ・フォール**（一九一八—二〇〇五）、**マルティーヌ・キャロル**（一九二〇—六七）はともに監督のもとに主演を務めたことのある女優。監督は彼女たちの他にも数人と結婚遍歴を重ねた記録保持者の一人。

58★**レーモン・ソメール**（一九〇六—五〇）は三〇年代から四〇年代にかけて活躍したアルデンヌ県ムゾン生まれの自動車レーサー。戦前から戦後にかけてF1、F2で活躍。事故死。アルデンヌは北仏、ベルギー国境の県およびその山地。なお「**アルデンヌの猪**」は元来その残忍さゆえにルイ十一世の臣下ギヨーム・ド・ラ・マルク（一四四六—八五頃）に与えられていた異名。

59★「**ガラップ**」はポスター画家レーモン・サヴィニャック（一九〇七—二〇〇二）などを動員して五三年に大々的に行われた広告会社連盟による「世界広告週間」キャンペーン（Pierre Bruneau, *Magiciens de la publicité*, Gallimard, 1956）。有名になったこの名を具体的な商品に付して後に売り込む広告の新たな手法。

60★**G‐7**はもともとタクシー会社の名称だったが、一九三三年ルノー社がヴィヴァキャトルと呼ばれる乗用車をタクシー用に改良して名車KZ11型を開発。G‐7（ジェー・セット）の名で二十五年あまりパリのタクシー界に君臨した。赤と黒のツートン・カラー、長さ四・三メートル、幅一・七七メートル、ホイールベース二・八九メートル、運転席と客席が窓ガラスで隔てられ、二つから三つの客席が二つの補助椅子と向かい合わせになり、天窓が開いた。五八年まで製造（Claude Rouxel, *La grande histoire des taxis français 1898-1988*, Edijac, 1989）。

61★**シャンポリオン通り**は五区の通り。「**ノクタンビュール**」と「**カルチエ・ラタン**」はいずれも現在では映画館。前者は一八九四年に創設されたキャバレーで、一九三九年に芝居小屋に改変され五六年まで存続した。後者も一九五一年から五六年まで劇場だった。

62 スクービドゥー

62 ★「**スクービドゥー**」は一九六〇年代に流行したプラスティックの紐で編んだお守り、マスコット、あるいは針金細工のペンダント。アメリカのジャズの擬音語「スクービードゥー!」が名称の起源。フランスでは同名のディステルのヒット曲が流行を煽った。

63 ★ドプはロレアル社が三四年に売り出したシャンプーの商標。「……**お使いください**」はその広告のコピー。四八年から五七年にかけてラジオ番組「のど自慢」のスポンサーとなり全国的な宣伝に努める。「ドプ・ドプ・ドプ、みんながドプを使っています!」の主題歌が歌われ、合格者は「ドプ・ドプ・ドプ、ドプ社に認められました!」の観衆の叫びに報いられた。

64 ★作家が寄宿舎生活を体験するのはパリ南方の町エタンプのコレージュ・ジョッフロワ=サン=ティレールでの高校時代、四九~五二年にかけてのこと。

65 ★元来「ハリネズミ」の意の「**エリッソン**」は三六年十二月にジョルジュ・ヴァンティヤール出版社によって創刊された大衆ユーモア週刊誌。戦時中に一時中断、四六年に復活。以後名称、媒体を変えながら近年まで存続。作家の年齢から推してこの思い出は復刊時のものであろうが、スペクタクルの詳細などについては不明。なお、「**笑いかつ笑わせる**」はしばしばタイトルに付される一種の副題。

66 ★「**フレール・ジャック**」は一九四四年に編成されたヴォーカル・グループで、アンドレ(一九一四

―二〇〇八）とジョルジュ（一九一八―）のベレック兄弟、フランソワ・スベラン（一九一九―二〇〇二）、ポール・トゥレンヌ（一九二三―）から成る。**イレーヌ・イルダ**（一九二〇―）は米国生まれの歌手、女優、アクロバット・ダンサー、米、英、仏でも活躍した。**ジャック・ピルス**（一九〇六―七〇）は歌手。**アルマン・メトラル**（一九一七―二〇〇〇）は歌手、俳優。**マリーズ・マルタン**（一九〇六―八四）は女優。『**ラ・ベル・アラベル**』はギー・ラフォルグ（一九〇四―九一）とピエール・フィリップ（一九三一―）の五六年の作品。なお数年前、四九年十二月にボビノ座で同じ顔ぶれで演じられたのはJ・ヴァルミ（一九〇一―八九）などが制作した『レ・ピエ・ニクレ』。

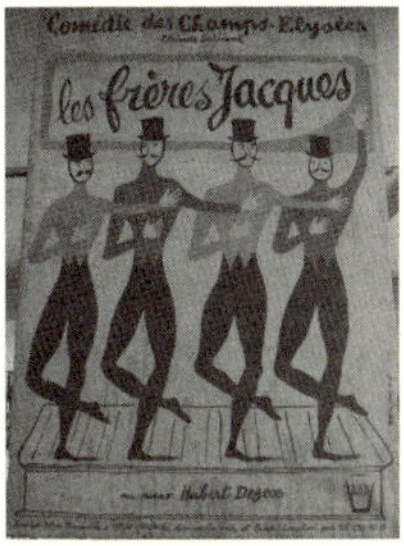

66 フレール・ジャック

ただしこちらにもメトラルは出演している。写真は「フレール」のポスター。

67 ★「**アースン・ウエア**」は、特に肌の粗い、光沢のない種類の陶器、土器の意。ペレックの学業成績は、全般に極めて優秀という部類のものではなかったが、英語圏での度重なる「実地訓練」のおかげで、英語はそもそも他の科目よりも優秀だった。

68 ★戦後数年のことであろう。因みにフランスの自動車総保有台数は一九三八年には約二十二万四千台なのに対して四六年には九万五千（うち自家用車約三万）台。五〇年には三十五万七千五百（うち自家用車二十五万七千三百）台に復している。それでも五〇年に、シトロエンの大衆車2CVを入手するのに六年を要することもあったという。

69 ★**ヴィラール＝ド＝ランス**は作者が疎開していたイゼール県の町、*81*も参照。**ノルマン**はノルマンディー地方の、**ブルトン**はブルターニュ地方の住人の意、『W』第XVII章（一二四頁）にも同様の

記述がある。また**ラマルチーヌ**（一七九〇―一八六九）、**シャトーブリアン**（一七六八―一八四八）はいずれもロマン主義の代表的な文学者の名前だが、普通名詞のシャトーブリアンは牛のヒレ肉の網焼きステーキの名称。

70★どれも特定のものではなく、いくつかの子供向け雑誌、例えば三四年創刊の「ジュルナル・ド・ミッケー」、三八年創刊の「スピルー」などに今日でもまま見られる共通の見出し。

71★**ジャン・ブルトニエール**（一九二四―二〇〇一）はシャンソン作詞家、歌手、俳優。「**きみ、ぼくの小さな狂気**」は五四年のモーリス・ラブロ（一九一〇―八七）監督の同じタイトルの映画の主題歌。

72★「**ゴーモン＝パラス**」は十八区クリニャンクール通り一番地、クリシー広場近くにあった、映画の全盛期を代表する大型映画館。建造前の一八九九年には競馬場だったが、一九三〇年に映画館に改修、幕間にサーカス、コンサートなどが行われた（B. Ulmer, Th. Plaichinger, *Les Ecritures de la nuit*, Syros Alternatives, 1987）。七三年に閉鎖。その売却金で主要地方都市に多くの「ゴーモン＝パラス」が建造・改築された。

73★**サン＝ジェルマン**（＝デ＝プレ）はパリ六区の同名の修道院界隈の盛り場。**ドラッグ・ストア**は時にカフェ、レストラン、映画館を備えることもあるアメリカ式の雑貨店で、フランスでは五八年にシャンゼリゼに初めて登場。この店は六区サン＝ジェルマン大通り一四九番地に九〇年代末まで存在した「ピュブリシス」の支店。六四年に造営工事が行われたが、地下水脈の思わぬ湧水に悩まされた。

74★「**ギャルリー・バルベス**」は十八区バルベス大通りにあった大衆向け家具百貨店、一八九二年開業。一九二七年に設置された木の人形は二、三〇年代以降盛んに行われた「意表をつく広告」の典型として知られるポスター画家シャルル・ルーポ（一八九二―一九六二）の作品（Bernard de Plas & Henri Verdier, *La Publicité*, Que sais-je,1962）。

この店は十八区マルカデ通り六二番地に現存。

75★**サン=グラニエ**（一八九〇―一九七六）は歌手、作詞・作曲家、ジャーナリストで、戦後はラジオ、テレビで活躍。「**ラ・ミニュート・ド・サン=グラニエ**」は三〇年に「良識の一刻《ラ・ミニュート・ド・ボン・サンス》」の題で始まった彼のラジオ番組で、後テレビに継承される。「のど自慢」の原型。

76★**パルク・デ・プランス**については*27*を参照。ここに言うレースとはドゥミ=フォン・レースの名で知られるもの。ステイヤーと呼ばれる自転車レーサーが長さの調節可能なローラーをつけたオートバイの後ろについて、前輪の小さな特殊な自転車に乗って競う競技。世界大会は一八九三年に開始。爆音と速度、危険性のゆえに一時トラック競技の花形となったが、先導者の放縦な策術の使用がたたって六〇年代に衰退した。なお『使用法』第七十三章はこの競技を主題に大々的に展開される。

77★**ラングル**はブルゴーニュ地方、オート=マルヌ県、ディジョン北東の郡庁所在地名。寒さの記録というのは一八七九年十二月九日の零下三十三度のこと。**ディドロ**（一七一三―八四）はこの町に生まれた啓蒙思想家、ダランベール（一七一七―八三）らと『百科全書』を編纂、哲学、文学、絵画批評などに筆をふるった。なお近傍のノジャンと並んで、中世以来刃物の名産地。

78★**プランタン**、**ルーヴル**ともにパリの百貨店、前者は一八六五年、後者は五五年の開店、広告は一九四〇年代のもの。ルーヴルのキャッチフレーズと並んで「目を開けるとわたしはボン・マルシェに向かっています」というパロディも知られている（Marie-José Jaubert, *Slogan Mon Amour*, B. Barrault, 1985）。なおこの後者は、まさにボン・マルシェとの競合に敗れて七四年に閉鎖。

79★**リッジウェイ**（一八九五―一九九三）は国連軍および北大西洋条約機構軍を指揮したアメリカの将軍。五二年五月末に「欧州防衛共同体ＥＤＣ」がフランス、西ドイツ、イタリアおよびベネルッ

クス三国の集団安全保障を目的に調印され、北大西洋軍最高司令部の統轄下に編入されることになった。これに反対する勢力が、おりしもアイゼンハワーを継いで司令官として着任したリッジウェイに対する大規模なデモを行い、共産党指導者デュクロ（一八九六―一九七五）を含む大量の逮捕者を出した。本文はそのときのスローガン。議会の批准否決でこの条約は結局発効しなかった。

80★ **レイ・ヴァンチュラ**（一九〇八―七九）はプロモーター、オーケストラ指揮者。サッシャ・ディステルの伯父。三〇年代に大人数のオーケストラを組んでジャズの普及に貢献した。『使用法』第七十五章に「この男の野心はレイ・ヴァンチュラ、アリックス・コンベルやジャック・エリアンの時代にフランスにあったようなジャズの大オーケストラを編成することだった」とある（四一八頁）。

81★ **ヴィラール＝ド＝ランス**は作家の少年時代の疎開地。『W』第XXIX章にも同様の記述がある（一八三頁）。前の二つは町のほとんど近辺、「**ラ・コート二〇〇〇**」は西郊に現存する。なお「**レ・クロシェット**」は地図（*Villard-de-Lans, Plan Guide*, Maison du Parc, 1992）によれば「レ・コシェット」の誤り。

82★ **『パパ、ママ、女中さんとぼく』**はジャン＝ポール・ル・シャノワ（一九〇九―八五）監督の五四年の映画で、ロベール・ラムールー（一九二〇―二〇一一）主演、翌年には同じコンビで『パパ、ママ、妻とぼく』を制作している。いずれも五〇年代の平均的フランス人の家庭生活を描くもの。

83★ **アンドレ・ド・フーキエール男爵**（一八七四―一九五九）は「優雅さ奉行」とあだ名された文人。東洋語学校を卒業後、『隣人愛における技法と優雅さ』、『インド王族の天国で』など社交、礼儀作法に関する多くの著作を執筆する。

84★ **ミシェル・ビュトール**（一九二六―）はヌーヴォー・ロマン派の代表的作家の一人。モン＝サン＝バルールはノール県リール北東郊、ベルギー国境の町。

85 ★**ヴィクトール・クラヴチェンコ**（一九〇五―六六）は四四年に西側に亡命したソ連共産党員、ソ連警察国家の実態を暴く『私は自由を選んだ』を四六年に米国で刊行、大きな反響を呼ぶとともに、反論した「レットル・フランセーズ」誌のクロード・モルガン（一八九八―一九八〇）などを告訴、四九年一月にパリで裁判が行われ実質的に勝訴した。（H・R・ロットマン、『セーヌ左岸』、天野恒雄訳、みすず書房、一九八五年）。

86 ★**アラン・ドロン**（一九三五―）は六〇～八〇年代のフランス映画を代表する俳優のひとり。**モンルージュ**はオー＝ド＝セーヌ県、パリ南郊の住宅・工業都市。少年期の終わりに両親の離婚に際して父方の祖父の経営する豚肉製品店員を務めたらしいが、ただしそれは同じパリ南郊ブール＝ラ＝レーヌでのこと（O. Dazat, *Alain Delon*, Seghers, 1988）。

87 ★**デューク・エリントン**（一八九九―一九七四）はアメリカのジャズ・ピアニスト、作曲家、ジャズ史上最も有名なオーケストラ指揮者の一人。「**キャラヴァン**」は三五年にエリントンがトロンボーン奏者ティゾール（一九〇〇―八四）と作曲し楽団が初めて演奏した曲。

88 ★ある文から絵、語を引き出すなぞなぞ（コントルペトリー）、謎絵（レビュス）のたぐい。原文は un soudard ne vit que de rapines obscures。ルーセル的な同音性を辿ってこれを分解すると、sous dard、nœud、vit、queue、deux rats、pine、zob が得られるが、これらはすべてが陽根 phallus の俗語、卑語にあたる。中高生あたりの言葉遊び。

89 ★**ジャン・グレミヨン**（一九〇二―五九）は三、四〇年代にとりわけドキュメンタリー映画で活躍した監督。**ジェラール・フィリップ**（一九二二―五九）は四、五〇年代の舞台・映画を代表する俳優。両者ともに同じ年の十一月二十五日に死去。

90 ★「**カプラード**」と「**マユー**」はいずれも八〇年代初めまで五区カルチエ・ラタンに存在したカフェ。前者は、三四年以来サン＝ミシェル大通り六三番地（スフロ通りとの角）に所在した。現ファスト・フード店「クイック」。後者はその向い、六五番地に同時期に所在した。現ファスト・フード店「マクドナルド」。

91 **なんでも博士**

91 ★「**なんでも博士**」は国のさまざまな事業、資源問題などを扱った月刊誌、ピエール・ラフィット（一八七二―一九三八）主幹、一九〇五年から十四年の休刊を挟んで三九年まで刊行された(Bernard Boilloz, *Répertoire méthodique de 1200 périodiques français édités à Paris de 1919 à 1939*, 1978(博士論文))。図は初期の版の「シンボル」。

92 ★**カトルカール**は四つの材料が四分の一ずつの等量からなるしっとりとしたスポンジケーキ。ブルターニュの伝統料理。ただしあらゆる辞典類の解説では、使用されるのは小麦粉、砂糖、バター、卵であって、ミルクは含まれない。

93 ★「**ポンディチェリー、カリカル、ヤナオン、マエ**」はいずれも十七世紀末から十八世紀半ばにかけてインド東海岸に設立されたフランス植民地の東インド会社傘下の商館の所在地。一九五〇年代半ばまで存続した。四つ並べるのはおそらくは試験対策の記憶術。

94 ★「**居残りの罰**」とは学校で課される罰則のことで、休日に外出を禁止されたり、登校して「居残り」せねばならない。『道筋』に次のような記述がある。「九時半に間に合うように戻ってきた。閻魔帳に記録される彼の欠席は木曜の午前二時間の居残りに相当するものだった。だが遅刻は口実だった。伯父を前にしたときの規則違反に比べれば、そんなものはいくらでも我慢できるものだった」（六一頁）。

95 ★**ダニー・ケイ**（一九一三―八七）はアメリカの喜劇役者、歌手。『**ノック・オン・ウッド**』（邦題

『あの手この手』）はメルヴィン・フランク（一九一三―八八）とノーマン・パナマ（一九一四―二〇〇三）合作の五四年のアメリカのコメディー映画。『使用法』の第三十四章にも同じ作品への言及がある（一九八頁）。

96 ★原文に織り込まれた**雌ライオン**（lionne）、**水が役に立つ**（l'eau sert）、**畜生**（Tonnerre!）、**呑んでやれ**（Avalons）はいずれもブルゴーニュ地方ヨンヌ Yonne 県に所在する同音の町 Auxerre、Tonnerre、Avallon を暗唱する「記憶術」。

97 ★**クデ・デュ・フォレスト**（一八九七―一九八〇）は軍人、技師を経て、戦後政治家となり六〇年代後半まで上院議員、五〇年代にはECSC「欧州石炭鉄鋼共同体」などの国際機関で活躍するも国連に関わる経歴は見当たらない。「肘形に折れた」を意味する形容詞 coudé（クデ）は、そのような形状のもの全般を表わす。上院議員の当時知られていたエピソードでは、商売女に声を掛けられた当人が名乗りをあげたところ、「いいわよ、なんとかなるわよ」と女が答えたという。なるほどなんのことなのか、もうひとつ分かりにくい。

98 ★**シャーリー・マクレーン**（一九三四―）はハリウッドの女優。**アルフレッド・ヒッチコック**（一八九九―一九八〇）は主に米国で活躍したイギリスの映画監督。**『ハリーの災難』**（原題 *The Trouble with Harry*）は五五年作。

99 ★**モザール通り**は作家の養家のあったアソンプシオン通りに交差する十六区の通り。「**クリスマスの葡萄**」は秋に収穫したものを冷蔵庫のなかった時代に年末まで保存して賞味したかつての風習の名残り。希少価値があるにしても、特殊な品種、食べ方などに関わるものではない。

100 ★**アルジャンリュー提督**（一八八九―一九六四）は海軍士官だったが、一九二〇年にカルメル修道会に入る。四〇年、ロンドンのド・ゴールのもとに赴き、四一年に太平洋高等弁務官に任ぜられる。四三年フランス自由軍海軍司令官、四五年にはインドシナの高等弁務官。その後僧院生活に戻る。

『W』の第XXXIII章にも同様の記述がある（二〇一頁）。

101 ★**ペトラ**（一九一六―八四）、**ボロトラ**（一八九〇―一九九四）、**コシェ**（一九〇一―八七）、**デトルモー**（一九一七―二〇〇二）はいずれも二、三〇年代にデヴィス・カップで活躍したテニスの名選手たち。しかし一般に「テニス四銃士」と呼ばれたのはボロトラ、コシエ、ブリュニョン（一八九五―一九七八）、ラコスト（一九〇四―九六）の四人。本書「著者あとがき」を参照。『使用法』第四十五章（二四〇頁）にも「テニス四銃士」への言及がある。

102 ★**ザビア・クガート**（一九〇〇―九〇）はスペイン生まれの楽団指揮者で、幼年期にハバナに移住、九歳でヴァイオリン奏者、さらに米国に移住し自らの楽団を組織、三〇年代に「ルンバの王さま」の地位を占める。五七年七月にパリ十一区のミュージック・ホール「アランブラ」で公演している。

103 ★**シネラマ**（cinérama）は三台の映写機を使って巨大な横長のスクリーンに映写する方式、英語「映画cinema」と「パノラマpanorama」の合成語。『**これがシネラマだ**』はその方式のデモンストレーション作品で、メリアン・クーパー（一八九三―一九七三）監督・監修、ローウェル・トマス（一八九二―一九八一）出演。五二年に公開された。

104 ★「**コヴァク事件**」はアルジェリア戦争に際してアルジェリア人たちが、フランスの軍人、総司令官ラウル・サラン（一八九九―一九八四）を狙ってアルジェにバズーカ砲弾を撃ちこんだ五七年一月のテロ事件。参謀長ロベール・ロディエ（一九〇六―五七）が殺傷された。アルジェリアの医師ルネ・コヴァク（一九二五―）が煽動者と目された。『使用法』第三十一章（一六九頁）にも同じ事件への言及がある。

105 ★「**ベベ・カドム**」は米国の化学製品・広告業界の雄マイケル・ウインバーン（一八六一―一九三〇）がフランスの薬剤師ルイ・ナタン（生年

不詳）と提携して一九〇七年に興した元来薬品会社。徐々に化粧品会社に転じ、画家アルセーヌ＝マリー・ル・フーヴル（一八六三―一九三六）の協力のもとに、赤ん坊を配したポスターで石鹸ベベ・カドムを売り出し、一世を風靡した。戦前から始まった大型広告の先駆けのひとつとしても知られる。（A. Weill, *L'Affiche française*, Que sais-je?, 1982 + M. Wlassikoff, J. P. Bodeux, *La fabuleuse et exemplaire histoire de Bébé Cadum*, Syros-alternatives, 1990）。

106 ★ **スズメバチ**は広義にはミツバチ、マルハナバチ、アリさえ含むハチ目の総称でしかないが、とりわけヨーロッパで通常この名称で呼ばれる、特にヴエスプラ・ジェルマニカ、すなわちドイツ・スズメバチと呼ばれるもの。ただここでは比喩的、あるいは語源的意味合いは希薄であろう。

105 ベベ・カドム

107 ★ **『掘ったて小屋』**はマルセイユ出身の劇作家アンドレ・ルッサン（一九一一―八七）の四七年のブールヴァール喜劇。初演は「ヌーヴォーテ座」で、五〇年に千回目の上演を記録している（A. Simon, *Dictionnaire du théâtre français contemporain*, Larousse, 1970＋M. Coruin, *Le Théâtre de Boulevard*, Que sais-je ?, 1989）。

108 ★ **『サボテンの花』**はブールヴァール演劇作家ピエール・バリエ（一九二三―）とジャン＝ピエール・グレディ（一九二〇―）の六四年の作品、「ブッフ・パリジアン」座で六六年まで上演された。**ソフィー・デマレ**（一九二二―二〇一二）はブールヴァール演劇女優、映画にも出演。**ショワズール小路**は二区の小路のひとつで、土産物店などが集中する。

109 ★ **ダッフル・コート**は厚地の粗織りラシャで作ったフードつき七分丈のコート。ベルギーの町デュッ

フェルで作られていたことに由来する。第二次大戦中にイギリス海軍の制服だったものが戦後一般に流布した。フランスでの流行は六〇年代。

110 ★**ポール・ラマディエ**（一八八八―一九六一）は左翼政治家、四〇年にはペタン政権に反対してレジスタンスに参加、ユダヤ人救済に功があった。レオン・ブルム（一八七二―一九五〇）のあとを受けて四七年に第四共和制初代首相。山羊髭に眼鏡の特異な風貌。

111 ★**ブルーの小さなバス**とは *autobus bleu* と呼ばれていたもの。正式にはヴェルネー社 Ru N°.4553型、一九六一年就業、混雑路線用に開発された。長さ七・四六メートル、定員三十二人、最初のワンマンカー。

112 ★**コレット**（一八七三―一九五四）は女流作家。「**ベルギー王立アカデミー**」は二〇年にアルベール一世（一八七五―一九三四）によって創立された。会員四十人のうち外国人が十人、コレット以外にもノアイユ夫人（一八七六―一九三三）、ジャン・コクトー（一八八九―一九六三）などが所属した。

113 ★「**ル・ボナール**」は修道士ラファエルことイポリット・ボナール（一八二六―一九〇九）が一八六五年に開発し、八九年に売り出したリキュール。シャルトルーズ山地のリンドウの根ゲンチアナを主成分とする。第一次世界大戦後に商業的成功を収めた（F. Ghozland, *Un siècle de réclames-Les Boissons, Paris au zinc*, Milan, 1987）。

114 ★「**プロスペール**（・ユップ・ラ・ブン）」は歌手・俳優モーリス・シュヴァリエ（一八八八―一九七二）の三五年の歌で、作詞ジェオ・コジェール（一八九五―一九七五）とヴァンサン・テリー（一八八一―一九五七）、作曲ヴァンサン・スコット（一八七六―一九五二）。節の前後に「ユップ・ラ・ブン」という掛け声と太鼓の音が入る。菓子《パン・デピス》の宣伝にも利用された。

115 ★五六年六月三日に発着時刻の組織的な改変と並んで、等級制も三等がなくなり一・二等制へと変更された（*Le Monde Contemporain, 1940-1989*, Chêne, Hachette, 1989）。三等の廃止はＵＩＣ（国際鉄道連合）の要請によるもの。

116 ★**『メリリー・ウイ・リヴ』**はアメリカのハル・ローチ（一八九二—一九九二）制作、ノーマン・マクロード（一八九八—一九六四）監督の三八年の喜劇映画。時局のせいか邦題は見当たらない。

117 ★**ジャン・ギャバン**（一九〇四—七六）は三〇年代から七〇年代にいたるまでフランスの映画界を代表する俳優のひとり。「怒り」のシーンに優れているとの自覚があり、契約時に激昂する場面を含むシナリオを求めたことから、紛争、死、それも自殺という悲劇的結末を辿る物語の主役を果たすことが多かったといわれる。

118 ★**アソンプシオン通り**は作家の養家のあったパリ十六区の通り。**イヴ・クライン**（一九二八—六二）はいわゆるヌーヴォー・レアリスム派の画家、壁面以外になにもない展覧会などを催して話題になった。「イヴ・クライン展」は五六年二月に二十枚のモノクローム（単色）画を展示し、コレット・アレンディー画廊で行われた（Brigitte Cornand, Bernard Marcadé, *Les années 50 de A à Z.*, Rivages/styles, 1988）。『使用法』第八十七章にも同じ画家への言及がある（四九三頁）。

119 ★**ルネ・コティ**（一八八二—一九六二）は政治家で、第四共和制最後の大統領（五四—五九）、五三年十二月十七日にヴェルサイユで開かれた国民議会投票で候補者の間に票が割れ、決定したのは十三回目の決戦投票、二十三日のことであった。

120 ★**ロベルト・ベンツィ**（一九三九—）はイタリア人音楽家を両親とする早生のフランスのオーケストラ指揮者。十一歳でデビュー、映画にも出演した。**二本の映画**とはいずれもジョルジュ・ラコンブ（一九〇二—九〇）監督の四九年の『栄光への序曲』と、五二年の『宿命とあらば』。

121 ★「**アストラ**」は一九一二年にノルマンディーで創立されたマーガリン会社の商標。「**高く……**」は五七年の広告。いくつかの異文があるが、そもそもバターの代用などになりえないとの「偏見」に対して、マーガリンの長所を褒めそやす何らかの対話のお終いにこの文句が連なり、「やっとあなたはそれから解放された」で締め括られる（広告博物館資料）。

121 アストラ

122 ★ **アニェス・ヴァルダ**（一九二八―）は女流映画監督。ジャン・ヴィラール（一九一二―七一）率いる「**国立民衆劇場**《テ・エヌ・ペー》 Théâtre national populaire」略称TNPの専属舞台写真家を経て五〇年代に映画界入り。同業者ジャック・ドゥミ（一九三一―九〇）と結婚。TNPは民衆に廉価で観劇を提供することを目的に二〇年に旧トロカデロ宮（後のシャイヨ宮）に創設された劇場。

123 ★ **ジネット・ヌヴー**（一九〇九―四九）は女性ヴァイオリン奏者、アメリカへの公演旅行の途上アゾレス諸島サン＝ミゲル島で遭難した。ボクサーの**マルセル・セルダン**はこの当時エディット・ピアフの愛人で、米国滞在中の歌手に会いに行く途中で遭難した。歌手は「愛の讃歌」を捧げてこの死を悼んだ。

124 ★ **アンドレア・ドリア号**はイタリアの定期船の名前。五六年七月二十五日、ナンタケット島（米国、マサチューセッツ州東岸沖）沖合でスウェーデンの船「ストックホルム号」との衝突事故により難破、死者五十二人を出す（Bernard Grun, *The Timetables of History*, Simon and Schuster, 1975）。船名はジェノヴァの自由都市化に尽力したジェノヴァの提督、政治家、名将（一四六六―一五六〇）の名に因む。

125 ★ **フルシチョフ**（一八九四―一九七一）はソ連の首相、六〇年十月十二日、ニューヨークの国連会議場で、東欧諸国の民族自決に関する米国、フィリピンの動議に激しく抗議して靴で演壇を叩いた。

126 ★ 「**エクスプレス**」は五三年にフランソワーズ・ジ

ルー（一九一六―二〇〇三）とジャン＝ジャック・セルヴァン＝シュレベール（一九二四―二〇〇六）によって創刊された週刊誌。五五年十月（一二五号）から五六年三月（二四五号）まで国民議会選挙の期間中一時的に日刊紙になった。

127★**ロジェ・ワルコヴィアック**（一九二七―）は自転車レーサー。五六年にトゥール・ド・フランスで優勝するも、その後は振るわなかった。

128★**ジャンヌ・モロー**（一九二八―）は舞台・映画女優、コメディー・フランセーズ研究生（四六年）、「国立演劇学院」（四七年）、「国立民衆劇場」の団員（四七年）、ブールヴァール演劇など古典的な経歴を経て五〇年代に映画界入りする。なおモローが劇場で演じたのは国立民衆劇場というよりもむしろヴィラールがアヴィニョンで四七年に創設した演劇祭でのこと。『リチャード二世』、『アタリー』などに出演した。

129★**ミケランジュ＝オートゥイユ**はこの二つの通りが交差する地点にある十六区の地下鉄の駅名。そのオートゥイユ通り四九～五〇番地に一九一三年から五四年にかけて映画館「モザール・パラス」が存在した。現在は「モノプリ・モザール」。なお「**モノプリ**」および「**プリジュニック**」は均一価格と廉売を看板とする大衆百貨店の代名詞としても使われるスーパーマーケット・チェーンの社名。

130★**ベルトラン・ポワロ＝デルペック**（一九二九―二〇〇六）はジャーナリスト、エッセイスト、小説家。五一年に代表的な日刊紙「モンド」に入社して以来司法担当記者、その後演劇批評、文芸批評欄などを担当した。

131★「**コンティキ号**」は元来「太陽の息子」の意で、侵略された果てに「西の方」に逃げた南米原住民の酋長だったらしい神話中の人物からその名がとられた筏のこと。ノルウェーの探検家トール・ヘイエルダール（一九一四―二〇〇二）がそれに乗ってペルーのカラオからツアモツ諸島のライオラまで、四七年四月二十八日から八月七日にかけて漂流して、ポリネシアの住民が南米インカの避難民の子孫であることを実証しようとした（『コンチキ号探検記』、水口志計夫訳、筑摩書房、一九六七年）。

132★「**シャイヨ宮**」は十六区にある建造物、三七年にトロカデロ宮跡に建てられ、博物館（海洋、人類、歴史的建造物）、劇場、シネマテークなどを収める。「**トロカデロ宮**」は一八七八年の万国博覧会のためにガブリエル・ダヴィウ（一八二三―八一）とジュール・ブルデ（一八三五―一九一五）によって建てられた東洋風の建造物。

133★一八八八年のジョン・ボイド・ダンロップ（一八四〇―一九二一）による発明以来、フランスでもあらゆる車両にチューブ式中空タイヤが導入されたが、子供用あるいは競技用自転車などには、パンクのおそれのない、芯もゴムでできたチューブラー・タイヤが使用された。

134★「**フレール・ジャック**」については**66**を参照。**ベレック**はブルターニュ系の姓。エタンプの「コレージュ・ジョッフロワ＝サン＝ティレール」の高校時代の同級生がこの名で、しばしば作家の名と混同された（ベロス、第十章、一一五―一一六頁）。

135★**アンリ・サルヴァドール**（一九一七―二〇〇八）は俳優、歌手、作曲家。四一年から四五年までレイ・ヴァンチュラ楽団の歌手、ギタリストを経て独立し、内外に公演を重ねる。四九年には映画デビューもはたした。五六年、アメリカの歌手に影響されて道化風の「ロックンロール」のいくつかをボリス・ヴィアン、ミシェル・ルグランとともに作曲し、ヘンリー・コーディングの名で歌った。

136★一九三九年に学校の夏休みは七月十五日から九月三十日までと定められたが、六一年に「前倒し」され、六月二十八日から九月十六日までとされた。現在では夏休みは七月初めに始まり、九月初めに新学期を迎える。

137★六〇年四月十三日、自動車メーカー、ロラン・プジョー（一九二六―）の次男エリック――当時四歳――が長兄のジャン＝フィリップとともに祖父ジャン＝ピエールに連れられてサン＝クルーの公園を散歩中、何者かに誘拐された。五十万フランの身代金と引き換えに十六日、エリックは無事生還。「フランス・ソワール」紙の提供した一万フランの懸賞金に促された密告の結果、ほぼ一年後に犯人一味が検挙され、主犯のピエール＝マリー・ラルシャン（三十八歳）とレーモン・ロラン（同二十五歳）に六二年十一月、二十年の懲役刑が言い渡された（Alain Jemain, *Les Peugeot*, J. C. Lattès, 1987）。

138 ★ **ジャン・ボベ**（一九三〇―）はルイゾンの弟、五〇年代にロードレースで活躍。競技のかたわらレンヌ大学で英語の学士号を取得した後、ラジオ・リュクサンブールのスポーツ担当記者となる。

139 ★ **シャルル・バッソンピエール**（一九一一―八四）はフランス・ラジオ・テレビ放送協会局ORTFのアナウンサー、戦後はさらにシャンソン作詞家、コンサートの司会者も務めた。画家としても知られる。

140 ★「**若者水兵さん**」はオーストリアの監督ハンス・シュワルツ（一八八八―一九四五）の三一年の映画『狂乱のモンテカルロ』の主題歌、歌詞にクノー流の表音綴《エクリチュール・フォネティク》りが用いられている。ジャン・ボワイエ（一九〇一―六五）作詞、ウェルナー・R・ハイマン（一八九六―一九六一）作曲、歌い手は映画でも陽気な水兵たちを演じるドイツのグループ「コメディアン・アルモニスト」。二〇～三〇年代に活躍。日本でも「これぞマドロスの恋」の題で何人かの歌手に歌われた。

141 ★ **ラヌラグ通り**は十六区の通り。**環状線**とはかつてのパリ市街の城壁の内縁部分を走っていた鉄道の環状線。**ブーローニュの森**は湖、滝、遊歩道などを備え、市民の憩いの場となっているパリ西部の公園。**鉤十字**はもちろんナチスドイツの象徴。

142 ★ **アラン・ロブ＝グリエ**（一九二二―二〇〇八）はヌーヴォー・ロマン派の旗手、映画作家。農業技師としてモロッコ他の海外県に勤務したのち文学に専念する。『弑殺者』の冒頭に次のような条り

がある。「『弑殺者』は私の最初の小説である。一九四九年に書き上げるとすぐに、パリのさる大出版社に持ち込んだが、はなはだ鄭重に突き返された。当時わたしはIFAC（「植民地果実柑橘類研究所」）の研究員として働いていた。……」（*Un Régicide*, Minuit, 1978. 平岡篤頼訳、白水社、一九八一年）。

143 ★「**コカ・コーラ**」は米国の薬剤師ジョン・ペンバートン（一八三一―八八）が一八八五年に開発。フランスでは一九一九年に駐留中のアメリカ兵相手に販売が開始された。「**マクシトン**」は中枢神経興奮作用の強い覚醒剤の一つアンフェタミンの商標名。**ベンゼドリン**も実のところその同類。『使用法』第三十一章（一八五頁）で外交官が服用するのもこのマクシトン。ただ歴代のコーラの成分の詳細は極秘項目。

144 ★**シュークルート**は発酵させた千切り塩漬けキャベツに豚肉製品の載ったアルザス地方の郷土料理で、ドイツ名ザウアークラウト。「好き、好きじゃない」（『道筋』、一四七〜一四九頁に所収）でも、同じ項目が「好きじゃない」の方に挙げられている。

145 ★**エスター・ウィリアムズ**（一九二一―二〇一三）はアメリカの女優。**レッド・スケルトン**（一九一三―九七）はアメリカの俳優。『**人魚たちの舞踏会**』（邦題『世紀の女王』）はジョージ・シドニー（一九一六―二〇〇二）監督の四四年のコメディ・ミュージカル映画。

146 ★「**ワックスがけを食らう** passer la bite au cirage」は新入生あるいは新兵を全裸にして、性器にワックスをかけていたぶる「入門儀礼」のこと。ペレックは自らのユダヤ人性の発露を忌避していた。

147 ★**アヴニュ・ド・ニューヨーク**は十六区セーヌ河岸の通り。一九一八年に**アヴニュ・ド・トーキョー**と名づけられたのち、四五年にアヴニュ・ド・ニューヨークに変わる（Marc Gaillard, *Quais et Ponts de Paris*, Moniteur, 1981）。

148 ★**フィデル・カストロ**（一九二六―）は五九年にバ

ティスタ政権を倒し、キューバ共産党を結成、第一書記、後首相となったキューバの革命家。五〇年にハバナ大学法学部を卒業後同年に弁護士事務所を開く。

149 ★**シャルル・リグロ**（一九〇三―六二）は重量挙げの名選手、二十一歳でオリンピックに優勝後、レーサーに転じる。映画・演劇にも出演した。

150 ★作家の名前ジョルジュ Georges はギリシア語の gê「大地」と ergon「耕す」に由来する。聖ジョルジュはイギリス、バルセロナ、ボーイスカウト、フランスの騎手たちの守護者（*Dictionnaire des prénoms*, Edireg,1984）。四月二十三日が祝日。

151 ★**フランソワ・トリュフォー**（一九三二―八四）は映画監督・映画批評家。**ルイーズ・ド・ヴィルモラン**（一九〇二―六九）は作家。トリュフォーは五〇年代にいくつかの映画をルイーズと共作するとともにそのサロンに出入りしており、「手紙」はその間の交友の開始に関わるものであろう。現に作家の資料（ジャック・ドゥーセ文学図書館蔵）には、五二年から六四年にかけての監督からの五通の書簡が残されている。なお「トリュフォー」、「ヴィルモラン」ともに、パリの有名な種子商の名前。この事実が文通のきっかけとなった可能性が推測される。「**アール**」とはジャック・ロラン（一九一九―二〇〇〇）が主幹を務めた四五年創刊の週刊誌。

151　ヴィルモラン

152 ★**ウォレン・ビーティ**（一九三七―）はアメリカの映画監督、俳優。**シャーリー・マクレーン**の実弟。六七年の『俺たちに明日はない』でオスカー最優秀男優賞。

153 ★『五十三日』の第二章に「エタンプの思い出」として次のような記述がある。「これらの学年のひとつ（第三学年だったろうか）でぼくは、古代ローマの巨大な地図を描くのに三週間を過ごした」。なお「**第三学年**」はコレージュの最終学年で通常十四、五歳。

154 ★**パデレフスキー**（一八六〇―一九四一）はポーランドのピアニスト、作曲家。第一次大戦を機に政治家に転身、一九年に内閣総理大臣。第二次大戦中は在フランスのポーランド亡命政府の指導者となった。ここで言及されているのは後者のことであろう。

155 ★**ジャン・ギトン**（一九〇一―九九）は現代カトリック思想を代表する哲学者。実際に戦時中はペタン支持派であり、終戦後召喚された。三七年からモンペリエ大学教授、五五年から六八年までソルボンヌの哲学・哲学史の教授。その復帰に抗議して学生がデモを組織した。六一年にアカデミー会員。

156 ★**アンリ・キュブニック**（一九一二―九一）は作詞家、作家、ラジオ・プロデューサー。五八年に始まり今なお存続しているクイズ番組「毎日十万フラン」の創始者としてとりわけ知られる。他にも「聴取者に王手」、「愉快なひとたち」などの制作にあたる。

157 ★**アンドレ・ダリコー**（ダリコーでありダリゴー Darrigau ではない）通称ダリー・コール（一九二五―二〇〇六）は俳優。キャバレーの楽師、コメディアンを経て五五年にスクリーンに登場、五〇年代後半にスターとなる。

158 ★**アンドレ・ダリガード**（一九二九―）は五〇年代から六〇年代末に活躍した名自転車レーサー。内容はもちろん前の項目のダリゴーとの音声の類似からの連想。

159 ★**モーリス・ラヴェル**（一八七五―一九三七）は作曲家。『**ボレロ**』は二八年の作品。ただし、成功は予想外のものであり、誇りに思うというよりも、むしろ演奏のされ方、とりわけ速度を気にかけていたという方が実情に近いとの指摘もある(Maurice Marnat, *Maurice Ravel*, Fayard, 1986)。

160 ★パンクに備えてのこと。ただし、五〇年代半ばに「救援車」が導入されてから、トゥール・

ド・フランスではこのような配慮は不要となった。なお精確には「タイヤ・チューブ chambre à air de secours」ではなく「チューブラー・タイヤ boyaux de secours」のスペアだとの指摘（Lecarme, p.41）もある。

161 ★ **クラウディア・カルディナーレ**（一九三八—）はチュニジアのチュニス生まれのイタリア人女優。十七歳で「チュニスのミス・イタリア」に選ばれ、チュニジアで撮影されたフランス映画に登場、後ローマに戻って修行を始め、五八年から女優として活動する。

162 ★ 「**蛇杖**」とはもともと「ヘルメスの伝令の杖」。軍衛生部隊のシンボルの意もある。他の語も、作家が少年期に熱中したという「鉛の兵隊」遊び（『W』、第Ⅷ章（四八頁）ならびに本書*421*参照）、ひいては「通信兵」だったらしい父親への追慕を連想させる。

163 ★ たとえば旧九号線の一九一三年当時の客車内の表示板には、図（部分）のようにフランクラン＝ローズヴェルト駅と線で結ばれた囲みに「シャンゼリゼ、モンテーニュ」などの通りの名が番地とともに示されている。なお、この表示は交通博物館に展示された東西線（*477*、*478*も参照）の客車から推してかなり後年まで保持されたらしい。ただし、路線数の増加と走行距離の延長が著しい昨今では同趣旨の表示は車内ではなく、駅の出入口付近に見られる。

164 ★ **カレット**（一八九七—一九六六）は喜劇俳優。三〇年代にデビュー、四、五〇年代に百本近い映画に主に脇役として出演。関節炎が災いしての非業の死。

165 ★ **マルティーヌ・キャロル**（一九二〇—六七）は女優。晩年は失敗作を重ね神経衰弱、次々と離婚。四人目の夫でイギリスの富豪トマス・エランドがモナコの寝室で彼女の死んでいるのを発見、死因

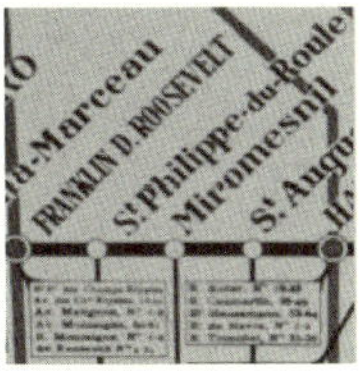

163 通りの名

は薬物の濫用によるものか、心臓発作か不明。墓荒らしは装身具を身につけて葬られたとの新聞報道が原因。因みにフランスでは今も土葬が普通である。なお女優のかつての居宅が作家ゆかりのアソンプシオン通りの描写に見られる（*Rue de l'Assomption in l'Arc* No.76)。

166★**ディヌ・リパッティ**（一九一七―五〇）はルーマニア出身のピアニスト、作曲家。実際には、音楽家の両親のもとで三歳半でピアノを弾きはじめ、四歳で初のコンサート、三四年には入賞してコルトーに認められている。

167★「**プラターズ**」は五三年ハーブ・リード（一九二八―二〇一二）を中心にトニー・ウィリアムス（一九四五―九七）、デイヴィッド・リンチ（一九三〇―八一）、アレックス・ホッジ（一九三五―八二）を加えた男性四人で結成されたヴォーカル・グループ。直後に紅一点のゾラ・テイラー（一九三四―二〇〇七）を迎えたが、五四年ホッジがマリファナ所有で逮捕されポール・ロビ（一九三一―八九）に入れ代わった。「オンリー・ユー」などのミリオン・セラーを続発。

167　ダリダ

ダリダ（一九三三―八七）はエジプト出身のフランスを代表するイタリア系歌手・女優のひとり。FLNはアルジェリア民族解放戦線（Front de libération nationale)。ダリダは五八年に、在アルジェリアのフランス召集兵たちをまえに歌い、第十八降下兵部隊の「戦時代母」にされたため、噂はこの事実に尾ひれがついたものであろう。

168★「**六日間競走**」とは冬期に室内競技場で「二人の選手からなるチームが好きなようにリレーしながら六日六晩にわたって競走するトラック競技」（Georges Petiot, *Le Robert des sports*, Collins,1982)。一九一三年から五八年まで開

催され大観衆を集めた。かつてパリ十五区ネラトン通りにあって、この競走が開催された「冬季競輪場《ヴェロドローム・ディヴェール》」（一九〇九—五九）は「**ヴェル・ディヴ**」と呼ばれていた。四二年七月十六日から十七日にかけてパリ東部でユダヤ人の大がかりな一斉検挙（「ヴェル・ディヴの一斉検挙」）が行われ、子供四千二百二十五名を含む男女八千百六十名がこの競技場に収容されたのち、単身者はドランシーに、子供三千五百名を含む家族はピチヴィエ、ボーヌ＝ラ＝ロランドを経てアウシュヴィッツに強制移送された。作家の母親を含む家族のほぼ全員が逮捕されたのもこの時のことである（ベロス＋B・ランブラン、『狂わされた娘時代』阪田由美子訳、草思社、一九九五年＋『W』第Ⅷ章（五三頁））。

169 ★ **ノーマン・グランツ**（一九一八—二〇〇一）はアメリカのジャズ興行主、多くのレコードのレーベルの創始者。四四年にジャムセッションを興行化することを思いつき「**ジャズ・アット・ザ・フィルハーモニック** *Jazz at the Philharmonic*」略称JATPを編成、米国をはじめヨーロッパ、日本を巡業するコンサート・シリーズを企て、ジャズの普及と人材の発掘、人種的偏見の払拭に努めた。

170 ★「**ドゥー＝ザーヌ**」はシャンソンの人気上昇につれてモンマルトルに急増したキャバレーのひとつで、一九一〇年に開業、クリシー大通り一〇〇番地に現存する。「**トロワ＝ボーデ**」は四七年に開かれたコンサート会場、多くの歌手を育てた。変遷を経て同じ大通りの六四番地に現存。なお、アーヌ、ボーデともに「ろば」の意、後者は特に「種ろば」。

171 ★ **クエヴァス公爵**（一八八五—一九六一）はチリ出身の振付師、座長。四五年にロシア出身の振付師セルジュ・

170 **ドゥー＝ザーヌ**

リファール（一九〇五―八六）がモナコで結成した「ヌーヴォー・バレエ・ド・モンテ＝カルロ」を四七年に引き継ぎ「グラン・バレエ・ド・モンテ＝カルロ」に、ついで「クエヴァス公爵大バレエ団」に改変した。五八年には芸術上の見解の相違からリファールと決闘。

172 ★**ベンジャミン・スポック**（一九〇三―九八）はアメリカの小児科医、教育者、「育児書」のベストセラーの著者。六〇年代末には市民運動家としてヴェトナム反戦に参加、六八年に逮捕され、翌年無罪。七二年大統領選に市民党から立候補したが落選。

173 ★**ジャックリーヌ・オリオール**（一九一七―二〇〇〇）は女性パイロット、五〇年代から六〇年代の初頭にかけて高速飛行の世界記録保持者。

174 ★**六八年五月**にあった革命のこと、パリ大学ナンテール校の紛争に端を発し全国に波及、ド・ゴール大統領の収拾策により鎮圧された。『使用法』第五十七章に微かな言及がある（三一八頁）。

175 ★**ビアフラ**はアフリカ西部、ナイジェリア連邦共和国の旧東部州。六七年ビアフラ共和国の独立を宣言したが、長期にわたるナイジェリア内戦の結果七〇年一月に崩壊、このおりに老人・子供を含む二百万人の餓死者を出し、「ビアフラの悲劇」と呼ばれた。

176 ★両国の国境に位置するカシミール地方の領有をめぐり四七年十月に起こった紛争、四九年一月に国連の調停により停戦、六五年にも再燃、翌年にやはり国連の仲裁で停戦。七一年には東パキスタンの独立をめぐって三度目の全面戦争、インドの圧倒的優勢のもとに展開し、東パキスタンはバングラデッシュとして独立。

177 ★**ユーリ・ガガーリン**（一九三四―六八）はソ連の宇宙飛行士、人工衛星ヴォストーク一号に乗って六一年四月十二日、最初の軌道飛行に成功する。「地球は青かった」の言葉を残した。

178 ★「**ステューディオ・ジャン・コクトー**」は五区カルチエ・ラタンに戦後から七八年まで存在した映

画館。命名はコクトー映画への経営者の表敬による。ミュージック・ホール「メザンジュ」についで三九年から四五年までは映画館「セルティック」、すなわち「ケルトの」の意で、元来ブルターニュ地方の系列館の名称。「コクトー」の後も「グラン・タクシオン」として現存する。

179★**アンドレ・ジッド**（一八六九―一九六一）は作家、主要文芸雑誌「新フランス評論」NRFの創刊者の一人。**フランソワ・モーリアック**（一八八五―一九七〇）はカトリック作家、五二年ノーベル文学賞受賞。なおこれは小説家ロジェ・ニミエ（一九二五―六二）の悪戯らしく、つぎのような異文がある。「ジゴクハソンザイセズ。ぴりおど。タノシムベシ。ぴりおど。くろーでるニモツタエヨ。じっどシルス」(Francois Caradec, Noël Arnaud, *Encyclopédie des farces et attrapes et des mystifications*, Jean-Jacques Pauvert 1964. p.172)。

180★**バート・ランカスター**（一九一二―九四）はアメリカの俳優、映画プロデューサー。貧民街に生まれるが、中学生のころから体格に恵まれ、勉学を断念して幼友だちのニック・クラヴァット（一九一二―九四）とサーカスのアクロバット芸人のコンビを組んだ。

181★**ジョニー・アリディ**（一九四三―）は歌手・俳優、「イエイエ」の時代にロック歌手を経た後、六〇年代にスクリーンでも活躍、以後フランスを代表するスターとなる。**レーモン・ドゥヴォス**（一九二二―二〇〇六）はマイム出身のお笑い芸人。「**ボビノ座**」はモンパルナスに現存するミュージック・ホール。ただしアリディが前座を務めたのは〇四年に十一区に開設された「アランブラ」で六〇年九月のこと。

182★**マリナ・ヴラディ**（一九三八―）は女優、**アンドレ・カヤット**（一九〇九―八九）は映画監督。『**あとは野となれ山となれ**』（＝『洪水の後』）は作家の思い違いで、正しくは五四年の『洪水のまえ』。ヴラディはこれによって有望な新人女優に与えられるシュザンヌ・ビアンケッティ賞を獲得

した。

183★ベレックはコレージュ・ジョッフロワ＝サン＝ティレールでの第三学年の同級生。ベロス、第十章、一一五—一一六頁を参照。

184★ルジュンヌは購読していた「キャンゼーヌ・リテレール」誌八一号（一九六九年）の表紙の『W』の予告のかたわらに「弾倉つきピストル《レヴォルヴェール》」の挿絵を見て推理小説を期待していたのに裏切られたことを不審の念とともに回想する（p.62）。ベロスは初期作品の探索の果てにこの「埋め草」が実は『サラエヴォ事件』の結末の反映であると喝破するものの（四二三頁）、その理由はもうひとつはっきりしない。これぞ実は過去の闇を照らす自伝と、暴力が支配する世界が交互する物語を予告するロゴの解説であるとするのはやや牽強付会に過ぎるだろうか。

185★乗車券を「有効」にするために、パリの地下鉄では入口で切符に駅員が穿孔する方法を採用し、一九〇〇年七月の開業時から五〇年代までは通常一枚の切符に二つ、六、七〇年代には一つ孔が開けられた。七〇年から七五年にかけて電磁式コードの採用とともにこの方式は漸次消滅。セルジュ・ゲンスブール（一九二八—九一）にメトロの切符きりを主題にした歌「ポルト・デ・リラ駅の切符切り」（五八年）がある。

186★**ホルヘ・ボニーノ**（一九三五—九〇）はアルゼンチンの建築家。六〇年代半ばに一念発起して芸能の世界に転身。呟くような独特の語りで観衆と対話した。六七年から七三年にかけて欧米で公演。パリのそれは六九年、五区ピュイ・ド・レルミット通り一番地のヴィエイユ＝グリーユ座でのこと。

187★**クリフォード・ブラウン**（一九三〇—五六）は五〇年代を代表するアメリカのトランペット奏者、交通事故死。

188★**ジュヌヴィエーヴ・クリュニー**（一九二八—）は女優、シャブロル監督の『いとこ同志』（五九年）など五、六〇年代の多くの映画で活躍する。『**白い歯のお嬢さん**』は彼女が五五年に出演し、女優になるきっかけとなったアメリカ発祥の歯磨剤メーカー「コルゲート」のための広告映画。

189 ★ **SFIO**は社会主義労働者インターナショナル・フランス支部 Section Française de l'Internationale Ouvrière の略号、社会党の前身。ジャン・ジョレス（一八五九―一九一四）の指導のもとに〇五年に結成され六九年まで存続した。

190 ★ **シム・コパンズ**（一九一二―二〇〇〇）は戦後すぐに米国の要請で開局された国際放送「アメリカの声」の特派員、「アメリカと音楽」、「アメリカ・ジャズの展望」、「ニグロ・スピリチュアルズ」の三十分のジャズ番組三本を担当、後にも「深い河」などの番組をRTF局で長年にわたり担当した。

191 ★ 「**カウ・ボーイ**」は十六、七世紀にはアングロ・サクソン系諸国でむしろ農業に携わる「牧童」を意味していたが、とりわけ十九世紀のアメリカ西部では、食料源の牛を鉄道のあるところまで運搬する「移動牧畜業者」となり変り、その奔放で遊牧的な生活が多くの小説や映画の主題となった。「西部劇」になじんだ作家の驚きは、このような「落差」の発見に由来するものであろう。

192 ★ **ルイ・カピュ**（一九二三―八五）は「チビのルイ」、あるいは「人間飛行機」のあだ名を持つ戦後の最も優れた自転車レーサーのひとり。四五年にはパリ〜アランソン、四六年フランスのロードレースのチャンピオン、以後パリ〜トゥール、パリ〜ランス、パリ〜リモージュ他多くのレースで優勝、五七年に引退した後はコーチを務める。

193 ★ **ロベスピエール**（一七五八―九四）は大革命期の政治家、ジャコバン派の指導者、九三年政権を掌握、恐怖政治を行うが、テルミドールの反動で失脚、処刑される。その直前に顎を撃ち砕かれるが、拳銃による自殺未遂説と、若年の憲兵（一七七〇―一八一二）に銃撃されたとの両説がある。**メルダ**（後にメダと改名）はこの「勲功」のゆえに下士官、ついで隊長に昇進する。

194 ★ 前半「**もうたくさんだ。おれは背中がヤワいから**

な、**水に隠れるぜ** C'est assez, dit la balaine, j'ai le dos fin, je me cache à l'eau」には「鯨目 cétacé」、「鯨 baleine」、「イルカ（類）dauphin」、「マッコウクジラ（類）cachalot」が、後半「**ラシーヌはモリエール泉の水を飲む** Racine boit l'eau de la fontaine Molière」には十七世紀の文学者の名ラシーヌ Racine（一六三九—九九）、ボワロー Boileau（一六三六—一七一一）、ラ・フォンテーヌ La Fontaine（一六二一—九五）、モリエール Molière（一六二二—七三）が隠されている。なお「モリエール泉」はパリ一区モリエール通りとリシュリュー通りの角ミレイユ広場にあるよく知られた泉水。

195★「**のど自慢** *Radio-crochets*」はサン＝グラニエの司会で三六年に開始されたラジオ放送。下手な歌い手が出演すると観衆が「ひっこめ《クロシェ》」と囃した。多くの歌手、芸人を生み、ザピー・マックスなどに司会を譲った後も六二年まで続いた人気番組。化粧品会社「ロレアル」が長いあいだスポンサーについた。

196★**マリナ・ヴラディ**（一九三八—）は女優オディル・ヴェルソワ（一九三〇—八〇）を姉に持つ女優。父はロシア出身のセルジュ・ポリアコフ（一九〇六—六五）だが、一般にはオペラ歌手ウラディミール・ド・ポリアコフとする説のほうが優勢。ペレックによれば画家。

197★リン＝チン＝チン（一九一六—三二）はシェパード犬で、アメリカの多くの冒険映画、メロドラマで主役を務める。**シャーリー・テンプル**（一九二八—二〇一四）はアメリカの子役女優。**ミヌー・ドルーエ**（一九四七—）は九歳で詩集を出して評判になったが、その後急速に忘れられた少女。

198★「**十三人制ラグビー**」は一八九〇年にイギリスで誕生し、一九三四年にフランスに導入された。**ピュイグ＝オーベール**（一九二五—九四）はその名選手で、四〇年代後半から五〇年代前半に活躍、ゴール・ポストの真横からゴールキックを決めることができた。六十二メートルのゴールキックと、フランスでの最多得点記録保持者。小型パイプ「ピペット」を好んでいた。

199 ★「**乱痴気パーティ** *ballets roses*」は老人の倒錯性欲を満たすために若い娘たちを集めるパーティーのこと、少年たちを対象とするものはバレエ・ブルーと呼ばれる。**アンドレ・ル・トロッケ**（一八八四—一九六三）は政治家、弁護士、第一次大戦で傷痍軍人。マルキシズムの闘士。戦後は社会主義政党の政治家として活躍。五九年「乱痴気パーティー」に関わったとして翌年執行猶予つきの一年の懲役と三千フランの罰金刑を言い渡される。敵対者の策動によるとの説もある（Henry Coston, *Dictionnaire de la Politique française*, H. Coston, 1967)。

200 ★**ジャン・リュルサ**（一八八二—一九六六）は画家、現代タペストリーの改革者。「**ビュッシュリー**」は五区ノートルダム寺院の傍ら、セーヌ河畔のビュッシュリー通り四一番地に現存するカフェ＝レストラン。かつて作家が交友の拠点としたカフェのひとつ。壁掛けは九〇年に撤去された。なおジャン・リュルサの『世界の歌』（文渓堂、一九九六年）がこの芸術家を総合的に紹介している。

200　ビュッシュリー

201 ★「**イポポタミュス**」は廉価な肉料理のチェーン店。**モベール**は五区の広場。チェーン店はラグランジュ通り九番地、ロテル・コルベール通りとの角に現存する。**ジョルジュ・ガラン**（一九一二—七九）はリヨン出身の名料理人。レストラン「ガランの店」は六一年に開店、七三年に閉鎖。

202 ★とりわけ五〇年代にファッション・デザイナー、ジャック・ファット（一九一二—五四）による手編みの絹のネクタイの流行があった旨の言及がある（John de Greef, *Cravates et accessoires*, Bookking, 1989)。

203 ★**シャルル＝ミシェル**は十五区の広場および地下鉄

一〇番線の駅名、ナチスに銃殺された共産党闘士（一九〇三—四一）の名に因む。ボーグルネルの由来するグルネル地区は十五区の一部で、サント＝ジュヌヴィエーヴとサン＝ジェルマン＝デ＝プレ両修道院のかつての領地だったが、一八六〇年にパリ市に併合された。名称の変更は一九四五年七月十四日。

204★**「バジル、どこへ行くの……** *Où vas-tu Basile... ?*」はジェオ・ボネ（不詳）作詞、ルイ・ガステ（一九〇八—九五）作曲の四九年の作品、リーヌ・ルノー（一九二八—）などが歌っている。「**小さな馬車**」はマルク・フォントノワ（一九一〇—八〇）が五〇年に作り、アンドレ・クラヴォー（一九一一—二〇〇三）が歌った。「**ぼくは殺さなかった……**」はモンタンの「囚人の歌《ル・ガレリアン》」。元来ロシア民謡で、レオ・ポル（一八九九—一九七五）がアレンジ、モーリス・ドリュオン（一九一八—二〇〇九）作詞、四七年にシャンソンとして発表され、五二年にレコード大賞を受けた。

205★**シャバン＝デルマ**（一九一五—二〇〇〇）はド・ゴールの共和国民主連合ＵＤＲの政治家。六九〜七二年に首相、七四年の大統領選に出馬するが独立共和派のジスカール・デスタン（一九二六—）と社会党のミッテラン（一九一六—九六）に第一回投票で敗れ党としての威信を失う。その近因は週刊誌「カナール・アンシェイネ」に問題の残る所得税納税通知書を暴かれた、つまり脱税の嫌疑をかけられたゆえとされる。

206★**ピエール・ブノワ**（一八八六—一九六二）は冒険・娯楽小説家、アカデミー会員。オーロール、アンティネア、アレグリアなど、代表作のほとんどのヒロインの名がAで始まり、そのいわれについては生まれ故郷アルビへの目配せなどの諸説があるが、それまでのことで、ウリポ流の組織的言語遊戯に関わるものではない。

207★「ぐずつく traîner」、「ブレーキをかける freiner」、「ダッシュする démarrer」はそれぞれ以下の人名の姓と地口をなしている。**ピエール・フレネー**

（一八九七―一九七六）は俳優、**シャルル・トレネ**（一九一三―二〇〇一）は歌手・俳優、**ソフィー・デマレ**（一九二二―二〇一二）は女優。

208 ★ 「**レットル・フランセーズ**」はジャック・ドゥクール（一九一〇―四二）とジャン・ポーラン（一八八四―一九六八）によって四一年に創刊された抗戦派の作家たちの雑誌、クロード・モルガン（一八九八―一九八〇）、ついでルイ・アラゴン（一八九七―一九八二）が主幹を務める。四四年まで地下出版の全国作家委員会の機関誌、共産党系、後に芸術、スペクタクルの週刊誌となり、七二年に廃刊、九〇年代に復刊。

209 ★ 『**ジャングル・ブック**』はイギリスの小説家・詩人ラドヤード・キップリング（一八六五―一九三六）の一八九四年の作品、一九四二年、イギリスの監督ゾルタン・コルダ（一八九五―一九六一）の手で、さらに六七年にはディズニー（一九〇一―六六）によって映画化された。なお熊はバルー、蛇はカー。

210 ★ **ファウスト・コッピ**（一九一九―六〇）はトゥール・ド・フランスに四九年、五二年の二回、トゥール・ディタリーに四〇、四七、四九、五二、五三年の五回優勝し、「最優秀チャンピオン」と呼ばれたイタリアの名自転車レーサー。五〇年代末、恋人ジュリア・オッキーニこと「**白い夫人**」とのあいだに一児をもうけ、ファンばかりか教会の不興をも買った（Jean-Paul Ollivier, *Fausto Coppi*, Sport Poche,1985）。

211 ★ 「**まじめな雌牛**」はフランシュ＝コンテ地方に本拠を置いていたヴァッシュ・グロジャン社が二六年に売り出したプロセス・チーズの商品名。五四年商標盗用の疑いで「**笑う雌牛**」社に訴えられ敗訴。後者、現「ベル・チーズ社」はロン＝ル＝ソーニエ

211 笑う雌牛

（ジュラ県）のチーズ卸売商レオン・ベル（一八六四―一九三九）が興したもの。二一年に「笑う雌牛」の広告を自ら描き成功。現在はパリに本拠を置く、年商額最大のチーズ会社。

212★**カンティンフラス**（一九一一―九三）はメキシコの俳優。五六年、イギリスのマイケル・アンダーソン（一九二〇―）監督の映画『八十日間世界一周』に従僕パッスパルトゥー役として出演、ゴールデングローブ男優賞を受賞したほか、アカデミー助演男優賞にもノミネートされた。

213★**アレックス・ジャニー**（一九二九―二〇〇一）は水泳の自由形名選手、四〇年代後半から五〇年代前半にかけて七回にわたり世界記録更新。ただし四八年のオリンピック、ロンドン大会には前評判にもかかわらず入賞できなかった。

214★**ジャック・デュクロ**（一八九六―一九七六）はフランスの政治家、共産党の指導者の一人、六九年には大統領選に立候補、五二年にリッジウェイ将軍着任に反対するデモのおり自動車内からこのデモを指揮し、伝書鳩で連絡をとっていたという嫌疑で議員の免責特権にもかかわらず逮捕された（アレクサンダー・ワース、『ドゴール』、内山敏訳、紀伊国屋書店、一九六七年）。

215★**ジャン＝ポール・サルトル**（一九〇五―八〇）は哲学者、文学者、実存主義者。**ジョン・ヒューストン**（一九〇六―八七）はアメリカの映画監督。五八年、監督はフロイトに関するシナリオの執筆をサルトルに求め、その脚本はかなりの紆余曲折を経た後に六二年の『**フロイト、秘められた情熱**』に結実する（J＝P・サルトル、『フロイト〈シナリオ〉』、西永良成訳、人文書院、一九八七年）。

216★紋章に使用される色彩には金属色、原色、毛皮模様の三種があるが、うち原色は青（アジュール）、赤（ギュル）、緑（シノープル）、紫（プルプル）、黒（サーブル）と呼ばれ、無彩色図ではそれぞれ固有の格子模様で示される。これらには元来、兜に隠された騎士の素性を識別する機能があった。

217

★アルジェリア戦争に際する六一年四月二十一日から二十六日にかけての、アルジェリアのフランス人退役将軍たちによるクーデター事件。首謀者は**ラウル・サラン**（一八九九―一九八四）、**エドモン・ジュオー**（一九〇五―九五）、**モーリス・シャル**（一九〇五―七九）、**アンドレ・ゼレール**（一八九八―一九七九）。「フランスのアルジェリア」を断念する政策に抗議するもの。二十四日、ラジオ放送を通じてド・ゴールは「退役将軍四人組による軍事的共謀」の非を国民に訴え、事件は収束した。首謀者四人を指すのに、元来「四分の一」を意味する quarteron という語の採用の当否があげつらわれたが、「一握り」の意がむしろ一般的。

218

★いずれも俗謡。前者はジュール Jules とヘラクレス男 Hercule、天使セラファン Séraphin と音楽家 musicien、ママ Maman と夢遊病者 somnambule がそれぞれ韻を踏み、おしまいだけが内容同様「破格」をなす。一般に知られているものではセラファンは教父シプリアン Cyprien、最後は「ぼく」ではなく「パパ」で、その後「パパパパ」と続き冒頭に戻る。後者は数え歌で、九から一の数が各詩行に含まれ、通常は「半熟卵」(*un*) *œuf à* la coque、「マレンヌ産牡蠣」*huît*res à Marennes、「すばらしい」*c'est* épatant、「メートル法」*système* métrique、「聖人キュキューファ」*Saint* Cucufa、「女帝エカテリーナ」*Cathe*rine de Russie、「シャンパーニュのトロワ」*Troyes* de Champagne と表記され、イタリック部に九から三までが隠される。なお「あったとさ」にあたる Y a は Il y a の俗語体。

219

★「**カルテール**」は一八八〇年にアメリカで創設されたカーター社が一八〇〇年代末に売り出した便秘薬。一九六五年にカーター＝ウォレス社に名を変え、ラジオ、新聞で盛んに広告したが、右はそのフランス・ヴァージョン。植物性で胃に優しい「肝臓のための小さな丸薬カルテール」がキャッチフレーズ（F. Ghozland, *Pub & Pilules*, Milan,

1988)。

220★**ベルナール・ビュッフェ**（一九二八—九九）は画家。四八年にクリティック賞を受賞、戦後は具象派の新星として世界的な名声を得る。これは四三年にパリ美術学校に入学した直後の無名時代の挿話らしい。

221★「**フィガロ**」は一八二六年創刊の週刊誌、六七年に日刊紙となる。パリでも最も古い自由主義的新聞。「**ユマニテ**」は一九〇四年に社会党の機関紙としてつくられ、現在は共産党の機関紙。ジャン＝ジャック・シャルル・ペネス Jean-Jacques Charles *Pennès* 通称**セネップ**（一八九四—一九八二）は漫画家。二〇年代以降多くの雑誌、特に「フィガロ」紙に寄稿。**ミッテルベルク** *Mittelberg*（一九一九—二〇〇二）通称タンはポーランド生まれの政治漫画家。とりわけヴィシー政権、第四共和制の風刺で知られる。四〇年代から「ユマニテ」、「レットル・フランセーズ」、「オート・ソシエテ」、「エクスプレス」誌などに寄稿した。本の挿絵画家、名画を現代化した模作でも知られる（*Le dessin d'humour: du XVᵉ siècle à nos jours*, Bibliothèque Nationale, 1971）。いずれも筆名は本名（イタリック部分）の「逆さ読み」。

222★母の別荘のあったノルマンディーのラ・ロックの土地を継いで**ジッド**が村長に任命されたのは一八九六年。しかし四年後にはこれを手放しているし、その間も執務に忠実な「村長」ではなかったらしい。『秋の断想』中の「青春」を参照。いずれにせよ頻繁なパリ往復と旅行に明け暮れた生涯で「果樹園芸」を楽しんだとすれば、それはやはり『日記』にも散見されるようにむしろ妻の父、すなわち作家の叔父の所有地であった、ノルマンディーのキュヴェルヴィルでのこと。

223★**デイヴィッド・ストーン・マーティン**（一九一三—九二）は米国のグラフィック・デザイナー。シカゴ美術学校卒業後、四四年からグラフィック作家として活躍、ジャズ奏者、レコード制作者たちと交遊し、特にジャズのレコード・ジャケットのイラストで名を高めた。後「タイムズ」誌の表紙のイラストなども担当（マネック・デーバー編、『ジャズ・グラフィックス——デイヴィッド・ストーン・マーティンの世界』、グラフィック社、一九九一年）。

224 ★ **シネマスコープ**は五三年に二十世紀フォックス社が開発した、縦、横の画面比率が一×二・三五の大型スクリーン用の映画。『**聖衣**』（原題 *the Robe*）はキリストの「受難」に立ち会ったローマの護民官の殉教を主題としたヘンリー・コスター（一九〇五—八八）監督の五三年のアメリカ映画。凡作にもかかわらずシネマスコープ方式の最初の映画ということで、米国だけでも千九百万ドルの収益を上げた。

225 ★ **ボリス・ヴィアン**（一九二〇—五九）は小説家、音楽批評家、トランペット奏者、歌手。いくつかの映画も手がけ、レコード制作にもあたった。一説ではオペラ『欲ぼけ男』の制作中に急死した。『**墓に唾をかけろ**』はヴィアンが四六年に偽名で出版したアメリカの「暗黒小説」風の模作。五九年にミシェル・ガスト（一九三〇—）監督により映画化。

226 ★ **ジャック・ピルス**（一九〇六—七〇）は歌手、俳優。**ジョルジュ・タベ**（一九〇五—八四）は作曲家、劇作家、舞台俳優。三〇年代に二人でデュエットを組み「ピルスとタベ」というラジオ番組でデビュー、三二年には「カジノ・ド・パリ」で「わらの中の寝床」を歌いヒット、ピルスはリュシエンヌ・ボワイエ（一九〇一—八三）と離婚したのち、エディット・ピアフと結婚した。

227 ★ **フェルディナント（フェルディ）・キュブラー**（一九一九—）はスイスの自転車レーサー、五〇年にトゥール・ド・フランスに優勝、以後五七年まで活躍。雲母は耐熱、偏光性が強く、近年までサングラスなどにも使用された。

228 ★ **ダリオ・モレノ**（一九二一—六八）はトルコ出身の歌手、俳優。五、六〇年代にフランス語圏諸国でオペレッタ、シャンソンに人気を博す。

229★ **ロジェ・ヴァイアン**（一九〇七—六五）は小説家、エッセイスト、リポーター、シナリオ作家。『**フォスター大佐告白する**』は五幕からなる五一年の戯曲、朝鮮戦争を批判する内容のもの。五二年五月に「アンビギュ座」で上演され、直ちに県条例で続演を禁止された（*Dictionnaire des œuvres*, Robert Laffont, 1984)。

230★「**プショー事件**」とは医師マルセル・プショー（一八九七—一九四六）の大量殺人事件。ドイツ占領下に、逮捕の恐れのある人々を、南米に移送してやるとの口実のもとに貴重品の入った鞄のみを持たせて一カ所に集め殺害したもの。四四年に二十九の焼死体が確認され逮捕、死刑に処せられた。**アンリ・デジレ・ランドリュ**（一八六九—一九二二）は一五年から十九年にかけて結婚詐欺まがいの猟奇的殺害十一件を引き起こし逮捕された後二二年に死刑に処せられた。チャップリンの『殺人狂時代』（四七年）はこの事件をモデルにしている（菊池英夫、『知られざるパリ』、岩波書店、一九八五年）。

231★ **アンドレ・ハリス**（一九三三—九七）はテレビ・ディレクター。**アラン・ド・セドゥイ**（一九二九—）（ここではSédouy、多くはSédouy）は記者、フランス・テレビ放送のプロデューサー。「**千六百万人の若者たち**」は両者が六四年に共同制作した第二チャンネルの連続ルポルタージュ・音楽番組。

232★ **ポポフ**（一九三〇—）は国立モスクワ・サーカス団を代表するロシア生まれのピエロ、伝統的な芸をより繊細かつ自然なものに改革。**グロック**（一八八〇—一九五九）はスイスのピエロ、巨大なケースから小さなヴァイオリンを取り出して演奏するのが得意芸、事業家としても成功。共に現代を代表する道化役（Rupert Croft-Cooks & Peter Cotes, *Circus*, Elek, 1976)。

233★ **ラルビ・ベン・バレク**（一九一四—九二）はモロッコ出身のフランスの選手、三八年から四五年まで国際試合に出場。**ロジェ・マルシュ**（一九二四一九七）は四七年から五九年にかけてフランス選抜チームの主将を務めた伝説的な名選手。**ロベール・ジョンケ**（一九二五―二〇〇八）はマルシュと並んで四八年から六〇年まで六十三回選抜に出場、十二年間にわたりフランス・サッカーの栄冠を担う。**ジュスト・フォンテーヌ**（一九三三―）は五六年から六〇年にかけて二十回国際試合に出場、世界選手権で総計十三得点の不滅の記録を達成した。

234★靴ひもを代用する、アメリカ起源の流行。

235★**バルネ・ウィラン**（一九三七―九六）は南仏ニース生まれ、米国に住み、帰国後テナー・サックスを学ぶ。五五年にクリュブ・サン＝ジェルマンに他の米人奏者たちと出演、五七年にはマイルス・デイヴィス（一九二六―九一）と共演してルイ・マルの映画『死刑台のエレヴェーター』のサウンドトラック盤の録音に携わった。

236★**ホレス・シルヴァー**（一九二八―二〇一四）はアメリカのジャズ・ピアニスト。作曲家アート・ブレイキー（一九一九―九〇）とジャズ・メッセンジャーズで共演、独自の楽団も率いる。「**エカロー**」は五二年の録音、ブレイキー、カーリー・ラッセル（一九一七―八六）とのトリオの演奏。回文とは逆から読んでも音あるいは綴りの同じ文、語。この場合、エカロー（Ecaroh）とホレス（Horace）。

237★問題のドラッグ・ストアは凱旋門の傍ら、十六区シャンゼリゼ大通り一三三番地に所在した。七二年九月二十七日夜半に全焼。このドラッグ・ストアを経営していた広告会社「ピュブリシス」の火災として、『道筋』（九六頁）にも言及がある。

238★**サビュ**（一九二四―六三）はインド生まれのアメリカで活躍した俳優。キップリング原作の『ジャングル・ブック』（四二年）などに出演。

239★**マルコムX**（一九二五―六五）はアメリカの黒人公民権運動活動家。幼時に叔父と父を白人に殺され、白人に対する憎しみをもって成長したがニューヨークのハーレムで困窮生活を送る。四六年に強盗を働き十年の刑。獄中でブラック・ムスリム運動の洗礼をうけ、五二年釈放後運動の有力メンバーとなるが、六五年ハーレムで暗殺された。同じ年に自伝が死後出版された。

240 ★ パリの地下鉄のいくつかの線では騒音防止のために車輪がゴム・タイヤにかえられている。タイヤ装着車両の最初の営業路線は本文のとおりシャトレ~リラ間の十一号線で、五六年のこと。ただし五一年から五六年にかけてポルト・デ・リラ~プレ・サン＝ジェルヴェ間で試運転が行われた。制動・加速とも効率がよく、かつ騒音が少なくてメリットは大きいが構造上の改造に経費が嵩むことから普及が伸び悩んでいる。

240 **ゴム・タイヤ**

241 ★ **アラン・ボンバール**（一九二四―二〇〇五）は医師、生物学者、航海者。海難事故の際の生存の可能性を探る研究のため五二年ゴム・ボート「エレティック号」で単身六十五日間の大西洋横断を試みる。

242 ★ **スピットファイア**は先時大戦中イギリス空軍（ＲＡＦ）によって用いられたスーパーマリン社製単座戦闘機。**シュトゥーカ**はドイツ空軍が使用したユンカース社製単発複座急降下爆撃機、特にそのＪｕ八七型がドイツ空軍に広く用いられた。**メッサーシュミット**社のＢｆ一〇九型はとりわけ戦闘機として使用された。

243 ★ アルジェリア民族解放戦線ＦＬＮを支持するフランソワ・ジャンソン（一九二二―二〇〇九）を中心とするパリの地下組織網が告発されたのを機に百二十一人の知識人が六〇年九月に署名して「不条理かつ犯罪的な戦争」の即時停止を訴え徴兵忌避者を支持、「不服従権」の行使を説き大規模な賛同デモを全国的に誘発した（B. Droz, E. Lever, *Histoire de la guerre d'Algérie*, Seuil, 1982）。

244 ★**スタンダール**（一七八三―一八四二）は作家。一八二二年熱月二十四日（一八〇四年八月十二日）の『日記』に「わたしは一人で、のびのびと、すばらしいほうれん草のピューレと美味しいパンで昼食したのだ」とあり、この文の注記でも作家のほうれん草好きが確認されている。（『スタンダール全集』、第十二巻、鈴木昭一郎訳、人文書院、一九七一年）。

245 ★**レピーヌ・コンクール**は元パリ警視総監ルイ・レピーヌ（一八四六―一九三三）が設けた小発明品コンクール。一九〇一年に創始され、近年は「パリ見本市」の枠内で毎年四月から五月にかけて開催され、二〇一一年以降は国内外のいくつかの催しを包括している。

246 ★**アンドレ・シトロエン**（一八七八―一九三五）は技師、実業家、自動車会社を設立。**エッフェル塔**は一八八九年の万国博覧会に際して技師ギュスターヴ・エッフェル（一八三二―一九二三）によって建てられた。電光広告が取りつけられたのは二五年から三六年まで（倉田保雄著、『エッフェル塔ものがたり』、岩新新書、一九八三年）。

247 ★**シャルル・ド・ゴール**（一八九〇―一九七〇）は大統領、**ピエール・ド・ゴール**（一八九七―一九五九）はその実弟。法律・政治学を修めたのち銀行員となる。三五年に砲兵隊長として動員される。占領中はレジスタンスに参加。四三年、ゲシュタポに逮捕されチェコに抑留。四五年にパリに戻ったのち、四七年兄の「フランス人民連合」に加盟。パリの代議士を経て四八年にセーヌ県の上院議員。ただし見本市の総裁を務めたのは五八年、ブリュッセルでのことで、パリではない。

248 ★両親が強制収容されて死亡したユダヤ人戦災孤児の帰属をめぐる係争事件。グルノーブル在住のユダヤ人医師**フリッツ・フィナリー**（一九〇六―四四）は息子たち、ロベールとジェラルド兄弟をカトリック施設に預けたのち強制収容され死亡。戦後近親たちが兄弟の返還を求めるが、後見人の修道女は兄弟が洗礼を受けたことを理由に拒絶。五三年、グルノーブル高等裁判所はニュージーランドとイスラエルに在住する叔母たちに兄弟が返されるべきとの判決を下すものの、修道女は兄弟をスペインに匿うなどして、深刻な宗教論争に発展する。

249★**ロベール・リネン**（一九二一—四〇）は俳優。ジュール・ルナール（一八六四—一九一〇）原作の『**にんじん**』（三二年）、『**舞踏会の手帖**』（三七年）——いずれもジュリアン・デュヴィヴィエ監督（一八九六—一九六七）——他に出演したのちドイツに強制収容され、銃殺された。

250★六二年八月二十二日、パリ南西部、オー＝ド＝セーヌ県の町クラマールの交差点ル・プティ＝クラマールで起こったド・ゴール大統領を標的とする狙撃事件。乗っていた車は穴だらけになったが未遂に終る。アルジェリア独立に反対する極右組織OAS一味による「シャルロット・コルデー作戦」であることが判明、主犯のジャン＝マリー・バスティアン＝ティリー（一九二七—六三）が死刑になったほか、数人が終身刑に処せられる。

251★「**ステュディオ・ユニヴェルセル**」は二区アヴニュ・ド・ロペラ三一番地の同名のブラッスリーのあとに三三年に開設された映画館、七三年に閉鎖。

252★**レスター・ヤング**は「大統領（ザ・プレッツ）」と呼ばれていたアメリカのジャズ奏者。**ポール・キニチェット**（一九一六—八三）はアメリカのジャズマン、テナー・サックス奏者で、五〇年代初頭にカウント・ベイシーと共演していたころの、演奏スタイルがレスター・ヤングと酷似していたところから「副大統領（ザ・ヴァイス・プレッツ）」とあだ名された。

253★「**シャプ** SHAPE」は Supreme Headquaters Allied Powers Europe の略語。NATO軍の最高司令部のことで、当初はシャンゼリゼに、五一年来パリ西郊ロカンクールに置かれていたが六七年にベルギーに移転。英語読みは「シェイプ」。

254★理工科学校卒、数学教授資格者**カミーユ・ブヴ**

アール（原典のBouvardは誤り）と科学・数学・物理学学士**アルフレッド・ラティネ**の対数計算用の表。七〇年代に計算器にとってかわる。著者についての生年などは不明。実見したものには「バカロレア、理工科学校、陸軍学校受験生用」との但し書がついている。*Tables de Logarithmes* Hachette, 1957. 初版は〇五年。『使用法』第六十八章（三七九頁）では階段での遺失物のひとつ。

255 ★**シャロン・テート**（一九四三―六九）は米国の女優。六八年にポーランド出身の映画監督ロマン・ポランスキー（一九三三―）と結婚。妊娠八カ月のおりに自宅でチャールズ・マンソン（一九三四―）に教唆されたカルト教団の数人によって殺害された。

256 ★**マッカーシズム**は五〇年代前半、米国に吹き荒れた「赤狩り」現象。共産主義者およびその支持者の反国家主義的活動を口実に知識人、公務員などが告発された。反共主義者として有名な米上院議員J・R・マッカーシー（一九〇八―五七）の名に由来。ブラック・リストに載った監督たち、**シリル・エンドフィールド**（一九一四―九五）と**ジョゼフ・ロージー**（一九〇九―八四）はイギリスに亡命、**ジョン・ベリー**（一九一七―九九）と**ジュールズ・ダッシン**（一九一一―二〇〇八）はフランスに亡命、シナリオ作家**ダルトン・トランボ**（一九〇五―七六）は十カ月の懲役刑の後スタジオへの出入りを禁じられ、十年間ロバート・リッチなどの偽名のもとに脚本を書き、その名でオスカー賞を獲得しさえした。

257 ★**オーディー・マーフィー**（一九二四―七一）はアメリカの俳優、一説では二百人以上のドイツ兵を殺傷、あるいは捕虜にして二十四の勲章を獲得したという。俳優ジェイムズ・キャグニー（一八九九―一九八六）および兄の勧めで映画界入り、自らの勲功を描くジェッシー・ヒブズ（一九〇六―八五）監督の五五年の映画『地獄の戦線』に出演。『使用法』第七十九章（四四〇頁）でジェレミー・ビショップが同様の役回りを体現している。

258 ★ **ジェイムズ・スチュワート**（一九〇八―九七）はアメリカの俳優。**グレン・ミラー**（一九〇〇―四四）はアメリカのジャズ・オーケストラ指揮者、『グレン・ミラー物語』は米国の映画作家アンソニー・マン（一九〇六―六七）の五四年の作品。「**ムーン・ライト・セレナーデ**」はミラーの三九年の作品。

259 ★ 上着のベルトは五八年六月の陸軍省通達の結果出現した、「一九五九年型」と呼ばれる軍服のモデルとともに消失する（陸軍博物館資料）。なおド・ゴールは五八年六月に首相、十二月に大統領に就任する。

260 ★ **シャイヨ宮**については*132*を参照。**ポール・ヴァレリー**（一八七一―一九四六）は二十世紀前半のヨーロッパの知性を代表する詩人、思想家、批評家。この碑文は三七年の建物の改築に際して三五年に詩人が制作を求められたもの。「至宝に捧げられた／この壁のなか／私はあつめ、保っている／芸術家の驚くべき手のつくり出したものを／手は思考の伴侶であり恋敵であり／一方は他方なしには何ものでもない」に始まる四連（『ポール・ヴァレリー全集』、第十二巻、松村剛訳、筑摩書房、一九六八年）から成り、二つの建物の上部に行分けなしで刻まれている。

260 シャイヨ宮のペディメント

261 ★ **サン＝ジェルマン**大通りは五、六、七区の通り。レストラン「**プティット・スルス**」は作家の青年時代の行きつけの店。『眠る男』にも「それ以後、〈プチトゥ・スールス〉や〈ピエール〉や〈シェ・ロジェ・ラ・フリット〉のカウンターでものを食べるとき、それは精神生理学者たちの言う《採食》にいくぶん似てくる」（七〇頁）をはじめ数回にわたって言及がある。「小さな泉」という屋号は六区サン＝ジェルマン教会傍にあるヴ

アラス給水泉近くに店があったことに由来する可能性がある。

262★ **ジュリアン・グラック**（一九一〇―二〇〇七）は作家。**リセ・クロード・ベルナール**はパリ十六区のリセ、戦後すぐに作者が通った。生理学者クロード・ベルナール（一八一三―七八）の名に因む。『道筋』に次のくだりがある。「その日、水曜日にはブルギニョン先生との国語が一時間とラテン語が一時間、ポワリエ先生との歴史が一時間、ノルマン先生との英語が一時間あった……」（六〇頁）。つまりペレックはグラックに歴史を習ったことがある。

263★ **プレジダン・ロスコ**（一九四二―）はラジオ作家、ハリウッドのプロデューサーで、ジョゼフ・パステルナーク（一九〇一―九一）の息子。米語なまりのディスク・ジョッキーの先駆けで、六〇年代にいくつかのラジオ局で英米のヒット曲の紹介に努めた。六六年にも「ミニマックス」という同趣向の番組を手がけている。

264★ **ラスパ**は終戦直後に短命な流行を見せたメキシコ起源のダンス（曲）。クガートなどの、南米系の楽団で演奏された。ジャック・エリアン（一九一二―八六）のミュージック・ホールの楽団では「バル・ア・ルールー」とも呼ばれた。

265★ **リー・ハーヴェー・オズワルド**（一九三九―六三）は第三十五代米国大統領ジョン・F・ケネディ（一九一七―六三）暗殺の実行犯とみなされた人物。逮捕直後に自らも暗殺される。

266★ 「**髭テニス**」はカフェのテラスなどで通行人の髭の有無のいずれかに賭け、テニスに倣って得点をカウントし、敗者が飲食代などをおごる遊び。

267★ 一般にラーマージャではなく「トラバージャ・ラ・ムケール」というタイトル。アルジェリア征服後に一般に知られるようになったG・カステロ（不詳）作曲の一八五〇年の歌、一九三〇年代のアラビアの俗謡、五〇年代にアルジェリアでの行軍演習の際に歌われていた軍歌の一種などの諸説があるが、いずれにせよアルジェリア戦争に関わったフランス兵が持ち帰り、六〇年代に本土で流行したというのが有力。ただしメロディーは十九世紀末にアメリカで流行した「カイロの街」と同じとの説もある。

268 ★ **アイヒマン**（一九〇六―六二）はナチスドイツ親衛隊の将校。数百万のユダヤ人を収容所に強制送還する指揮的立場にあったとされる。戦後米軍捕虜収容所から脱走し、アルゼンチンに潜伏中、六〇年にイスラエル秘密警察に逮捕、第二次世界大戦中の捕虜収容所における残虐行為により翌年イスラエルで裁判、戦犯として処刑された。裁判のあいだは暗殺を警戒して警備員を三人配したガラス・ケースに入れられた。

269 ★ **レイ・ファムション**（一九二四―七八）は四五年にフェザー級仏チャンピオン、四八年欧州チャンピオン。**ジャン・ストック**（一九二三―）は「打たれ強い」ボクサー、四八年にミドル級の仏チャンピオン、シャロン、ドートュイルにも勝ったことがある。**ロベール・シャロン**（一九一八―九五）は戦後の最も優れたミドル級の選手、四四年に仏チャンピオン。**白い天使**（スペイン出身）、**ベチュニアの首切り人**、**小皇子**、**ドクトル・アドルフ・カイザー**（ドイツ出身）はいずれも五、六〇年代に活躍したレスラー。生年などの詳細は不明。

270 ★ 一九六八年九月、俳優アラン・ドロンのボディガードであるユーゴスラヴィア出身の青年**ステファン・マルコヴィッチ**（一九三七―六八）の死骸がパリ近郊エランクール（イヴリーヌ県）で発見された。この事件に次期大統領ポンピドゥー夫妻が関わっていることが取り沙汰され、政権を脅かす醜聞にまで発展した（Eric Roussel, *Georges Pompidou*, J.C.Lattès, 1984）。最終的には迷宮入り。

271 ★ 転流装置と呼ばれるもの。現今ではラジエーターの前面、ボンネットの下部全体を覆うカーボンかアルミ製のものが主流。

272 ★ **パリ・バレエ団**は正式には「パリ・オペラ座バレエ団」。**ロラン・プティ**（一九二四―二〇一一）は四〇年にオペラ座入団。四八年に「バレエ・デ・シャンゼリゼ」を設立するため脱退。**ジャン・ゲリス**（一九二四—九一）は三五年から三七年までオペラ座で練習生、マルセイユのオペラ座の花形、アメリカ公演、「バレエ・デ・シャンゼリゼ」を経て「バレエ・ノワール・ド・パリ」を編成。**ジャン・バビレ**（一九二三—）もオペラ座出身。四〇年「バレエ・ド・カンヌ」でデビュー、四五年から四九年にかけて「シャンゼリゼ」で頭角を表す。『使用法』第八十八章（五〇五頁）にほぼこのままの三者への言及がある。

273 ★ **聖クレパン**と**聖クレピニアン**は三世紀にガリアでキリスト教の布教に努めた靴屋の兄弟で、総督リクティウス・ヴァルスに棄教を迫られ、二八七年にソワッソンで殉教したとされる。中世来靴屋・皮革製品業の守護聖人、十月二十五日がその祝日。

274 ★ **モニク・ド・ラ・ブリュショルリ**（一九一五—七二）はピアニスト。アルフレット・コルトー（一八七七—一九六二）などの弟子。「パリ音楽院」を二八年に主席で卒業後、数々のコンクールに入賞。六六年中欧公演旅行中に自動車事故に遇い、時期尚早に経歴を断念。シャルトルの大聖堂はパリ南西部ボース平原に所在するゴチック様式を代表する建造物、ノートル＝ダム大聖堂。五九年九月にここで行われた一連のライヴ盤（ショパン）が遺されている。なお作家にはこの大聖堂を主題にした戯文「奉献——ボース平原からシャルトルのノートル＝ダム寺院まで」（『家出』所収）がある。

275 ★ **マヨネーズ** mayonnaise は、リシュリュー公（一六九六—一七八八）による一七五六年のミノルカ島の港町ポール＝マオンの占領時に開発されたソース mahonnaise の変形と推測されている。ナポレオン三世（一八〇八—七三）はナポレオン一世の甥、一八五二年に皇帝となり七〇年まで在位。ただ語源についてはフランスの町バイヨンヌに因む bayonnaise の誤用ほか諸説がある。

276 ★ **ジャン・ジョレス**（一八五九—一九一四）は政治家、社会主義者、統一社会党の指導者として反戦平和主義を説く。「ユマニテ」紙の創刊者。狂信者ラウル・ヴィラン（一八八五―一九三六）に七月三十一日に暗殺される。「**カフェ・デュ・クロワッサン**」は二区モンマルトル通り一四六番地に現存する一八八二年開店のカフェ。ただし屋号のみ「ラ・タヴェルヌ・デュ・クロワッサン」に変更。

276 カフェ・デュ・クロワッサン

277 ★「**黒い潮**」とは六〇年代後半から頻発した重油による海水、海浜などの沿岸汚染のこと、**赤い泥**は赤いヘドロ、産業廃棄物（主としてチタン酸化物）による海洋汚染のこと。「**トリー・カニヨン**」号はリベリア籍のタンカー、六七年三月イギリス南部沖合で座礁し原油が流出、数十億フランの損害を出した。

278 ★「**ロボット** robot」はチェコ語 robota からきていて、「強制労働、夫役」の意。チェコの作家**カレル・チャペック**（一八九〇―一九三八）の二一年の戯曲『R・U・R＝ロッスムのユニヴァーサルロボット』に由来する。邦訳版の巻末には「ロボットという言葉はどのように生まれたか」という作者自身の解説が付されている（『ロボット』、千野栄一訳、岩波文庫、一九八九年）。

279 ★「**リュク・ブラドフェール**」はウィリアム・リット（一九〇二―七二）がシナリオを、クラレンス・グレー（一九〇二―五七）が絵を担当した三三年刊のアメリカのこま割り漫画のフランス版。主人公ブリック・ブラッドフォードが地底、原子などの世界に冒険を重ねるSFもの。フランスでは数年後に、「ユラー！」、「スピルー」誌では同名の主人公のもとに連載されたが、「ロバンソン」、「ミッケー」、「ドナルド」誌では「鉄腕」の意味をもつフランス人向けのリュク・ブラドフェールの名を与えられた。（Bera Michel, Denni Michel, Mellot Phillippe, *Trésors De La Bande*

Dessinée, Editions de l'amateur,1984)。

280 ★ **ウディ・ハーマン**（一九一三―八七）はアメリカのジャズ・クラリネット・サックス奏者、バンド・リーダー、「群れ《ザ・ハード》」と呼ばれるバンドを三回にわたって統率、戦後は「スイングの王様」ベニー・グッドマン（一九〇九―八六）に倣って大編成のオーケストラを指揮。『使用法』第七十四章に「グーグーのいたくウディ・ハーマン的なアレンジが素晴らしい響きを発させていたのだった」とある。

281 ★ **カポラルとセルジャン**は陸軍の下士官と兵卒の階級名、「伍長」と「軍曹」に相当する。しかし同じ陸軍でも部隊によって名称が異なる。七二年の改変までは「歩兵隊」のカポラルとセルジャンは「砲兵隊」、「機甲部隊」、「輜重隊」ではそれぞれブリガディエとマレシャル・デ・ロジと呼ばれた。

282 ★ **モーリス・シュヴァリエ**（一八八八―一九七二）は歌手、映画俳優。**マルヌ＝ラ＝コケット**はパリ近郊、オー＝ド＝セーヌ県の町。

283 ★ 「**プラスティック爆弾** plasticage (plastiquage)」は動詞 plastiquer「プラスティック爆弾で爆破する」（一九六一年初出）から派生した名詞。アルジェリア独立に反対する秘密軍事組織ＯＡＳによるプラスティック爆弾を用いたテロがパリで六一年四月から六二年六月にかけて七百五十一件発生し死者六名、負傷者三十七名を出した。たとえば六二年一月六日のそれはサン＝ジェルマン大通りのドラッグ・ストアを狙ったもの。サン＝ギヨーム通りとの角にあったアルジェ出身のフランス人ジャック・ロモリの店も標的とされた。

284 ★ **ジョージ・キューカー**（一八九九―一九八三）はアメリカの映画監督。『**ガールズ**』は五七年のミュージカル・コメディ。**タイナ・エルグ**（一九三〇―）はフィンランド出の女優。**ミッチ・ゲイナー**（一九三一―）はアメリカの女優。**ケイ・ケンドール**（一九二七―五九）はイギリスの女優。なお**レックス・ハリソン**（一九〇八―九〇）はイギリスの俳優、ケンドールの白血病を知って五七年にあえて三人目の妻とした。

285 ★最も簡潔な数式表現は100a+10b+c ≡ a+b+c (mod9)。「好き、好きじゃない」にも、同じ解答を得るのを好むむねの記述がある（『道筋』一四八頁）。

286 ★スーツが労働着となったこと、イギリスの「テディ・ボーイズ」に見られるようなサブ・カルチャーの影響、生活様式の変化など、原因には諸説があるが、フランスでは五〇年代に「シングル」の裾が主流となる。

287 ★**ポルフィリオ・ルビローサ**（一九〇九—六五）はドミニカの外交官で、名うてのプレーボーイ。トルヒーヨの娘フロール・ド・オロと結婚、離婚の後も次々と再婚を重ねる。**ラファエル・トルヒーヨ**（一八九一—一九六一）はドミニカの独裁者、三〇年から五二年までドミニカ共和国大統領、六一年に暗殺される。

288 ★「**カラン・ダッシュ**」（一八五九—一九〇九）はロシア生まれ、フランスで活躍した漫画家。「フィガロ」紙などに風刺作品を発表した。ペンネームはロシア語karandache（鉛筆）からとられた。この名はスイスの現行の筆記具メーカーとしても知られる。

289 ★「**シュヴァル・ドール**」と「**シュヴァル・ヴェール**」は一九四七年から五〇年にかけて左岸に急増したキャバレー、前者「金の馬」は五区デカルト通り三三番地に五五年から七〇年まで存在した。後者「緑の馬」は同じ通りの傍に六四年に開業するも半年後に閉店した、キャバレーというよりむしろレストラン。いずれもヴェルレーヌ終焉の地コントレスカルプ広場から至近距離。

290 ★**ボブ・アザン**（一九二五—二〇〇四）はレバノン出身の歌手。六〇年代初頭にフランスで活躍。「**ムスターファ**」は六〇年の代表的ヒット曲。「**きみが好きだよ、きみが大好きさ**」とフランス語で始まる一種のラヴソングだが多くの言語が混じり、内容ももひとつはっきりしないオリエント風シャンソン。以後多くの歌手に歌い継がれ、『悲しき六十歳』の題で日本でも六〇年代にヒットした。

291 ★ **ジェリー・ルイス**（一九二六―）はアメリカの喜劇俳優、監督。**ディーン・マーティン**（一九一七―九五）はアメリカの歌手、俳優。四六年にデビューしたニュー・ジャージーのクラブでルイスとコンビを組む。「底抜け」ものドタバタ喜劇が売り。『**底抜け艦隊**』は五二年の作品。『使用法』第九十四章（五三二頁）にもこのコンビの映画への言及がある。

292 ★『五十三日』第二章にエタンプの思い出として次のような記述がある。「また別のとき、全員が不可能な問題を解こうとした。一枚の紙に六つの正方形が描かれるのだが、それらは三軒の家と、水道、ガス、電気の三つの供給源を表していた。問題は配管を交差させることなく、どうやって各家に水、ガス、電気を供給したらよいか、というものだった。九本の配管が必要で、可能なあらゆる方法が試みられた。八本にまで達するのは難しくはなかったけれども、九本目は苛酷かつ執拗に他のどれかとぶつかってしまい意気消沈させるのだった」。なお「**ケーニヒスベルクの橋**」の問題とはプロシアの都市ケーニヒスベルク（現ロシア共和国の飛び地カリーニングラード）にあった七つの橋すべてを、どの橋も二度以上渡ることなく、一回ずつ渡ることが不可能であることを示す「グラフ理論」の問題（『数学辞典』、朝倉書店、一九九三年）。

293 ★ 前者「**6たす4は11** *six et quatre font tonze/font tonze*」は連音《リエゾン》（語末の子音字と次の母音との連続発音）の有無に気をとられて「正解」を忘れてしまうもの。後者の「解答」には諸説があるが、「白」が馬 cheval と色 couleur のいずれにかかっているかで形容詞が blanc か blanche と異なる言葉遊び。**アンリ四世**（一五五三―一六一〇）はブルボン朝の祖、ナヴァール王（在位一五六二―一六一〇）。九八年ナントの勅令を発布、宗教戦争を終結させ国家統一を図るが、カトリック修道者に暗殺される。

294★『**異邦人**』は作家カミュの四二年の小説、主人公ムルソーについては原作のテクストに関する限りファースト・ネームは示されない。この作家を好まないペレックの一種の揶揄か（「好き、好きじゃない」、『道筋』、一四九頁参照）。

295★「**綿菓子** barbe à papa」は「パパの髭」の意でもある。縁日と合わせてむしろクノー作品の思い出か。

295 綿菓子

296★前者「**キス**」**用の口紅**は化学者ポール・ボードクルーが二七年に開発した製品名で、モード・イラストレーター、ルネ・グリュオー（一九〇九—二〇〇四）の五三年のポスターで知られる(Phillippe Garnier, *Les arts décoratifs, 1940-1980*, Bordas, 1982)。「**キスできる口紅**」はその売り文句で「消えない口紅、キスしても跡がつかない口紅」の意、広告のスローガン。

297★ギリシアにまで遡る古来の遊び道具。陶器製が最も古く、フランスでは一九三〇年代に徐々にガラス製にとって代る。作家の机上の「常備品」（「スティル・ライフ／スタイル・リーフ」、『道筋』、一九三頁）。「家出の道筋」にも次のような描写がある。「地面にガラス玉、ビー玉をひとつ見つけた、擦り減った白いガラスの塊で、気泡と細片による着色が、青と黄色の螺旋で際立たされていた」（六九頁）。

298★**前輪駆動車ギャング団**とは、終戦直後に元ゲシュタポ、レジスタンス、警察組織成員の残党によってピガール界隈を根城に結成されたならず者集団。「前輪駆動車」とは駆動軸が前輪にあり、機動性に優れた三〇〜五〇年代にかけての主流箱型高級乗用車。フランスではシトロエン11CV（*2*を参照）と呼ばれるシリーズが名車として知られ

る。一味は強盗などにこの車を駆使した。

299 ★「**豚の湾**」はキューバ中央の南の湾「バイア・デ・コチーノス」、このヒロン海岸に六一年四月米軍に支援されたキューバ反革命軍が侵攻したがキューバ軍に撃破された。六二年十月のいわゆる「キューバ危機」の前哨となった事件の舞台。

300 ★「**三ばか大将**」は二〇年代初めに結成された米国のお笑い三人組、メンバーの変遷を経て七〇年代まで活躍したが、最も知られているトリオはハワード兄弟モー（一八九七—一九七五）とカーリー（一九〇三—五二）にラリー・ファイン（一九〇二—七五）が加わった「モー・ラリー・アンド・カーリー」。**バド・アボット**（一八九八—一九七四）と**ルー・コステロ**（一九〇六—五九）は四、五〇年代に「アボットとコステロ」で人気を博したアメリカのお笑いコンビ。**ボブ・ホープ**（一九〇三—二〇〇三）はイギリス出身のアメリカの喜劇俳優。**ドロシー・ラムーア**（一九一四—九六）はアメリカの女優。**ビング・クロスビー**（一九〇四—七七）はアメリカの歌手、俳優。最後の三人は映画「珍道中シリーズ」でしばしば共演。**レッド・スケルトン**（一九一三—九七）は主にラジオ・テレビで活躍したアメリカの喜劇俳優。

301 ★**シドニー・ベシェ**（一八九七—一九五九）はアメリカのニューオーリンズ・スタイルを代表するジャズ・サックス、クラリネット奏者、作曲家、四八年以降パリに定住。『**夜は魔法使い**』はバレエ作品、五三年四月にシャイヨ宮で上演されたときには不評だったものの二年後の九月の「テアトル・デ・シャンゼリゼ」での上演では大成功を収める（F. Zammarchi, *Sydney Bechet*, Filipacchi, 1989）。

302 ★鞍具製造業者「**エルメス**」社は一八三七年ティエリー・エルメス（一八〇一—七八）によって創始。五世代を経て現在に到る。自動車の出現とともに皮革製品、旅行鞄、ハンドバッグなどの製造に転じ、さらに現代ではオートクチュール、服飾品、香水、家庭装飾品の分野にも進出、錠つきのハンドバッグは鞍を入れるケースに想を得たもので、五〇年代の製品（éd. A. Adrianssen, *Encyclopédie de la mode*, Nathan, 1989）。

303 ★ 慣用句「**間断なく** sans solution de continuité」は十四世紀初頭に初出しながら、現代でも誤用の絶えないもののひとつらしいが、問題の核心は solution という語にある。つまり通常これは謎を「解決する」などの意味をもつ résoudre あるいは液体などが「融解する」ことを意味する dissoudre の名詞形だが、ここでは「崩壊する」、「分離する」を指す désagréger、dissoudre の名詞形。すなわち前置詞「〜なしに sans」を伴えば「間断なく、切れ目なしに」の意味となり、「この古い伝統は我々の間で連綿と受け継がれてきた *Cette vieille tradition s'est maintenue chez nous sans solution de continuité*」（小学館ロベール仏和大辞典、一九八八年）のように用いられる。

304 ★「**リーダーズ・ダイジェスト**」はデイヴィッド・ウォレス（一八八九―一九八一）が二二年に創刊したアメリカの月刊総合雑誌。長年にわたって記録的発行部数を誇ったが二〇〇九年に破産宣告。フランス語版は四七年に開始。「**あなたの語彙を増やそう**」は言語学者ウィルフレッド・ファンク（一八八三―一九六五）が四五年に創設した同誌のコラム。六二年から九八年まで息子ピーターが受け継いだ。『使用法』第八章（四九頁）に同じ雑誌の同じ欄への言及がある。

305 ★ いずれも宝石そのものではなくて宝飾品の製造・販売会社名。「**ビュルマ**」は本社を一区マドレーヌ大通り一五番地に置いていた会社。一九二七年創業。「**ミュラ**」は一八四七年の創業、元来マレ地区が本拠。現在は両社ともに国外にも拠点をもつ大会社。後者は五〇年代の路面電車の屋根に大きな広告を掲げていた。

306 ★ 曜日が次々に入れ替わって長々と続く古来の数え歌形式の子守歌。子供に曜日名を覚えさせる効用がある。

307 ★ **協奏曲** concerto は「女性器が早尚に使用に供さ

れる con sert tôt」と読み替えられる。「**北部地方**」はフランス有数の地下資源（主に石炭）の産出地 sol mineur、この語は同時に「ト短調」でもある。

308 ★「**ナビュコドノゾール**」はネブカドネザル、紀元前一〇一〇年ごろに始まる古代バビロニア王国の四代にわたる国王名で、普通名詞ではワイン、シャンパンの大瓶の意。難しい綴りに気を取られて「こいつ」を聞き逃す頓智問題。「あれ、これ、それ」を意味する代名詞 ça は c に綴り字記号セディーユを加えたもの——一文字とみなされる——とaの二文字からなる。

309 ★「**ぼくのおそまつくんがおけつで揺れる** mon pin ballot dans mon culot」はこのままではほとんど意味をなさないが、キー・ワードのそれぞれの語尾に e をつけて女性形にすると「松 pin」は「陰茎 pine」に、「後部＝おけつ culot」は「パンツ culotte」になる。また「とんまな ballot」という形容詞は「揺れる」という動詞 balotter の活用形となる。

310 ★**エッフェル塔**については***246***を参照。「**襟が汚い** sale au col」は「**巨大な** colossale」の音位転倒。また「**で、あんたの家族は**」とその答えは挨拶の決まり文句。最後は言わば文脈の転倒。

311 ★いずれも異国風の人名のフランス語への読み替え。**イヴァン・ラビビーヌ・オズゾフ** Ivan Labibine Osouzoff はロシア人風の名前で、Il vend la bibine au sous-off (icier)「やつは安酒を下士官に売りつける」の意味になる。**ヤマモト・カカポテ** Yamamoto Kakapoté はもちろん日本人風でこちらも、Y a ma moto, qui a capoté は「あそこにおれのオートバイがひっくり返っている」とも読める。カカポテには「調子が悪い」kadératé=qu'a des ratés の異文もある。なお戦時中、山本五十六の挫折を揶揄して同じ文句を「山本コケタ」の意で学童たちが口にした（Jacques Roubaud, *La Boucle*, Seuil, p.426)。『使用法』第八十九章（五一四頁）にも登場する。**ハリー・カヴァー** Harry Cover は「さやインゲン《アリコ・ヴェール》 haricotsverts」の米人を想わせるもじり。こちらも『使用法』第十三章（六三頁）に登場。

312 ★「**フランス・ソワール**」は四五年創刊のパリの日刊紙。論文「**砂糖畑の嵐**」は六〇年六月二十八日から七月十五日まで十六回にわたって連載されたキューバ見聞録。（M. Contat et M. Rybalka, *Les écrits de Sartre*, Gallimard, 1970）。

313 ★**ブールヴィル**（一九一七―七〇）はコメディアン、歌手、俳優。四〇年代にキャバレーの歌手、お笑い芸人としてデビュー、映画界に入る。ラジオでも活躍。**コント**とは五〇年代末の演しもの、「反アルコール中毒同盟派遣員のおしゃべり」。「含鉄鉱泉」すなわち鉄分を多く含む鉱泉はアルコール中毒に有効とされていた。なお、『**そんなに馬鹿じゃない**』はアンドレ・ベルトミュー（一九〇三―六〇）監督の四六年の映画。『**ユッソン夫人のバラの木**』はジャン・ボワイエ（一九〇一―六五）監督の五〇年のもの。いずれにもブールヴィルが出演した。

314 ★「**ヴァクヴァ**」はスイス人ヴァルター・クルト・ヴァルス（生年など不詳）が三二年に開発した木製玩具。台座と上に載った動物、人物からなり、台座についた押しボタンを調節しながら人形を動かして遊ぶ。名称は発案者の名の頭文字からとられたもの。

314　ヴァクヴァ

315 ★**ジョルジュ・リーグ**（一八五七―一九三三）は政治家で、二〇年九月から二一年一月まで首相を務める。「**ジョルジュ・リーグ号**」は右の人物に因む二級B型巡洋艦、三三年から建造され三七年に進水、七六〇〇トン、三一ノット、九×一五二m、「モン・カルム」号と並んで四四年六月六日、ノルマンディー上陸作戦の支援にあたっている（L. Nicolas, *La Marine Française*, Que sais-je?, 1961）。

316 ★ **頭**《カプート》 caput はラテン語「頭」の主格。派生語は順に capitaine, capot, chef, cheptel, caboche, capitale, Capitole, chapitre, caporal。

317 ★ **シャーリー・テンプル**はアメリカの女優。**『連隊のマスコット』**（邦題『テンプルの軍使』）は彼女の出演した三七年のジョン・フォード（一八九四—一九七三）監督の映画。『使用法』第七十九章（四三八頁）にこの映画への言及がある。

318 ★ **ロジェ・ニコラ**（一九一九—七七）は歌手、作詞家、舞台俳優。五〇年代にラジオ、舞台、映画で活躍、漫談家、ユーモリストでもあった。「**いいかい、いいかい！**」は彼の出演時の冒頭の決まり文句。

319 ★ 「**カランバール**」は現存するキャラメルの一種、パン屋などの店頭に置いてあり、子供のお使いのお駄賃に供される。「棒状のキャラメル」が名の由来。五四年に北フランスのマルク＝アン＝バルールで創業、現在はアメリカの「クラフト・フーズ」が販売。

319　カランバール

320 ★ 「**ギュスタン医師の酸化リチウム剤**」は二十世紀初頭から五〇年代まで存在した利尿剤（F. Ghozland, *Pub & Pilules*, Milan, 1988)。『使用法』第十七章（八三頁）で画家ヴァレーヌが回想する往時の産物のひとつ。

321 ★ **エタンプ**はエソンヌ県の郡庁所在地で、作家は戦後リセ・クロード・ベルナールについでこの町のコレージュ・ジョッフロワ＝サン＝ティレールに通った。『五十三日』でこの町の最初の思い出としてこう言及されているプールであろう。「ジュイーヌ川の堤、塔がピサのそれのように傾いているサン＝マルタン教会、ギネットの遊歩道の外れにあるプール……」(p. 36)。

322 ★ 「**ハインツ**」はヘンリー・ジョン・ハインツ（一八四四—一九一九）が米国ピッツバーグに一八六九年に興した食品会社。ピクルス、ソース類その他の調理食品を、自ら発案した「五十七種類」のキャッチフレーズのもとに売り込んだが、五七というのは精確な食品数などに対応するのではなく、社長お好みの数五と七をくっつけただけ

322 ハインツ

(Clarence Lewis Barnhart, *New Century Cyclopedia of Names*, Appleton-Century-Crofts, 1954)。索引からしても作家はラベルの蒐集を考えていたフシがある。

323 ★**ピエール・クロステルマン**（一九二一―二〇〇六）、司令官**ルネ・ムショット**（一九一四―四三）ともに第二次大戦フランス自由軍の飛行士。前者は後に政治家、航空会社勤務、後者は戦死。**コマンダン＝ムショット通り**はパリ十四区の通り。

324 ★**ロジェ・フリゾン＝ロッシュ**（一九〇六―九九）はアルピニスト、山岳文学者。**『ザイルのトップ』**はその四一年のベストセラー。四四年にルイ・ダカン（一九〇八―八〇）監督によって映画化された。

325 ★一九六五年十一月九日に発電機の故障に因む停電が起こり、カナダの一部を含む二千五百万人に影響、二十四時間続いた。また七七年七月十三日から十四日にかけても再度二十四時間以上にわたる大停電が起こっている。こちらは雷雨が原因で、略奪などが起こり四千人が逮捕された。

326 ★**『禁じられた遊び』**はルネ・クレマン（一九一三―九六）監督の五二年の映画。**ブリジット・フォッセー**（一九四六―）は女優、いくつかの他の子役を経て現在も女優として活躍。**ジョルジュ・プージュリー**（一九四〇―二〇〇〇）は俳優、後に声優として活躍。

327 ★**テオ・サラポ**（一九三六―七〇）はギリシア出身の歌手、俳優。エディット・ピアフの最後の恋人にして夫。ペール＝ラシェーズのピアフの墓の傍

に葬られた。（菊盛英夫、『知られざるパリ』、岩波書店、一九八五年）。

328 ★「**ヌーヴォー・カンディッド**」は六一年から六七年にかけて刊行された「フランスのアルジェリア」を主張する右寄りの週刊誌。一七五九年のヴォルテールの小説のタイトルにあやかる「カンディッド」は元来一八六五年に社会主義者ルイ・オーギュスト・ブランキ（一八〇五―八一）によって創刊された週刊誌。一九二四年から四四年にかけてもシャルル・モーラス（一八六八―一九五二）派の極右の週刊誌が同じ名のもとに刊行された。

329 ★『**出口なし**』はサルトルの四四年の戯曲で、「**バルベディエンヌの銅像**」は地獄を象徴するらしい出口のない部屋で、永遠に覚醒し、眼を見開いていなければならない義務を喚起しつづける小道具。フェルディナン・バルベディエンヌ（一八一〇―一八九二）はカルヴァドス県出身のブロンズ像鋳造作家、実業家。

330 ★作家の学校での成績は全般に芳しいものではなかったが、特に数学は苦手だった（ベロス、第十章）。半ば数学者からなるウリポにおける薫陶のおかげで、ついには高度のグラフ理論を作品に採り入れるにいたる過程での「再習得」の思い出であろう。

331 ★**ジュッシュー通り**は五区の通り。「**リュテース座**」はこの通りの二九番地に所在し六〇年代末まで内外の前衛作品を盛んに上演した私設小劇場のひとつ。役者、演出家ジャン＝マリー・セロー（一九一五―七三）が主宰した。（渡辺淳、『スペクタクルの六〇年代』、平凡社、一九八七年）。

332 ★「**シガール**」は前世紀末からモンマルトルの麓ピガールのラシュショワール大通り一二〇番地に一八八七年来所在するミュージック・ホール。**アル・リルヴァ**（一九一六―二〇〇七）はマルティニーク出身のジャズ・ミュージシャン。終戦直後「アル・リルヴァとそのオーケストラ」を編成し「シガール」で一説によれば二十年ちかく演奏、ラテンアメリカ音楽のリズム、ビギンにジャズの要素を採りいれた「ワバップ」で人気を博した。

333 ★ 「**バンド・ア・バーデール**」は西ドイツの極左テロリスト集団 *Rote Armee Fraktion* 略称ＲＡＦ、すなわち「ドイツ赤軍派」のフランス語の名称。七〇年代から九八年まで政府・法曹界の高官、実業家、アメリカ軍人を多数殺害したとされる。頭目のアンドレアス・バーダー（一九四三―七七）は七二年六月に逮捕され、七七年四月、他の二人と共に終身刑に処せられる。十月、拘留者十一名の釈放を求めてルフトハンザ機を乗っ取り、同月、仲間二人と共に獄中で自殺。一味による殺害は十六人、殺人未遂百件、負傷者八十八人を数える。

334 ★ 「**ヌーヴェル・ヴァーグ**」は「新しい波」の意、批評誌「カイエ・デュ・シネマ」（五一年創刊、アンドレ・バザン（一九一八―五八）主宰）に影響を受けた若い映画作家たちが六〇年代前後に作成した新しい映画の傾向のこと。ロケ、同時録音、即興出演などを重視した短編作品を中心とする。ジャン＝リュック・ゴダール（一九三〇―）、フランソワ・トリュフォー（一九三二―八四）、クロード・シャブロル（一九三〇―二〇一〇）、エリック・ロメール（一九二〇―二〇一〇）などの右岸派と、アラン・レネ（一九二二―二〇一四）、ジャック・ドゥミ（一九三一―九〇）、アニエス・ヴァルダ（一九二八―）などの左岸派に大別される。ただしペレックは全般に「新しい」もの嫌い。

335 ★ **ジャン＝クロード・ブリアリー**（一九三三―二〇〇七）は俳優、映画監督。デビュー当時はヌーヴェル・ヴァーグお好みの俳優の一人だった。『**水の話**』はゴダールとトリュフォー合作の五八年の短編映画（マルセル・マルタン、『フランス映画一九四三～現代』、村山匡一郎訳、合同出版、一九八七年）。

336 ★ ヌーベル nouvelle は「ニュース」という名詞でもあり、またヴァーグ vague は「曖昧な」という形容詞でもあり、「新しい波」は「曖昧なニュース」とも読める。「**エクスプレス**」、「**カナール・アンシェイネ**」はともに写真入りニュース雑誌。前者は一九五三年、後者は一九一五年の創刊、言葉遊びが売りのひとつ。

337 ★ **ジョゼフ・ラニエル**（一八八九—一九七五）は実業家、政治家、戦前は左翼共和派の代議士。フランス敗戦とともに反ナチス地下抵抗運動に参加、解放後四五年に代議士、閣僚経験後五三年に首相となったが、朝鮮問題、インドシナ問題に関する五四年のジュネーヴ会議でインドシナ休戦交渉に消極的であった責任を問われ辞職した。

338 ★ 「**牛についていらっしゃい**」は政府の牛肉販売促進の広告。六〇年代半ばに日本大使を務めたこともある政治家フランソワ・ミソッフ（一九一九—二〇〇三）が通産省の閣外大臣だった五八年に牛肉の値下げを図って発案したスローガン。

339 ★ ラジオ・テレビの司会者**ジャン＝ピエール・モルフェ**（生年など不詳）がときに顔を出すのは一九五〇年から六〇年にかけて日曜日の夜に放送されたラジオ作家アンドレ・ジロワ（一九〇二—二〇〇四）などと出演して作家たちと対談する番組「あなたはどなた」。他方「**お気に召すまま**」はプロデューサー、ドニーズ・グラゼ（一九二〇—八三）が五〇年代半ばに開始したテレビの音楽番組「ディスコラマ」が七二年に一時的にタイトルを変更したもの。作家の番組名の思いちがいか。

340 ★ **ジャン・ノアンことジャブーヌ**（一九〇〇—八一）は弁護士、司会者、シャンソン作詞家。作曲家、歌手ミレイユ（一九〇六—九六）と組んで多くの歌を作曲、二五年以来ラジオ、後にテレビのプロデューサー。「**四千万人のフランス人**」「**一日だけの女王さま**」はいずれもラジオ番組。前者は五一年から始まり、当初は「三千六百万人……」だったがすぐに「四千二百万人……」にとってかわる。後者は四八年から五五年まで続いた。

341 ★ **ジャン・コンスタンタン**（一九二三—九七）は作詞・作曲家、歌手。アニー・コルディ（一九二八—）、ピアフ、カトリーヌ・ソヴァージュ（一九二九—九八)、フレール・ジャックなどのために作品を書く。「**ぼくのスリッパどこいった?**」は五五年の「パパのスリッパ les Pantoufles à papa」の反復される歌詞の一部。

342 ★「**ムスタッシュ**」(一九二九—八七)はギリシア出身のミュージシャン、歌手、俳優。ジャズ・バンド「ムスタッシュと髭男たち」を率い、五〇年代にロックンロールのパロディなどで自らドラムを奏し歌う。

343 ★**モーグリ・ジョスパン**(一九二四—二〇〇三)は「モーグリ・ジョスパンとそのハイ・ソサイエティ・ジャズ・バンド」のリーダーで、トロンボーン奏者。ニューオーリンズの名誉市民。六〇年代にサン=ジェルマンのクラブ「リヴァーボート」で、おもにニューオーリンズ・スタイルのソリスト——シドニー・ベシェなど——の伴奏を務めた(国立音声資料館資料 E65-0716)。

344 ★「**ゴルフ・ドルオ**」はパリのドルオ通り二番地に所在したポップ・ミュージック、特にロックの演奏会場。室内ミニゴルフ場だったが、五五年にティー・サロンに、六一年にディスコに改変され、六〇年代に「黒靴下」など、内外の多くのグループがここを拠点に育った。

345 ★「**署名はフュラックス**」は五一年から六〇年にかけてRTFとユーロップ一で毎晩短時間放送されたラジオ番組。ユーモア作家ピエール・ダック(一八九三—一九七五)と俳優でもあるフランシス・ブランシュ(一九二一—七四)の名コンビが脚本を書き、自ら上演。「コンコルド広場のオベリスクが盗まれた」等のにせのニュースを流し聴取者をかついだ。その筋からのお達しでしばしば番組名を変更。前身に「お笑いゲーム」、「お笑い能力」などがある。なお**ピエール=アルノー・ド・シャッシー=プーレ**(一九二一—)はこのコンビのかつては実質的な、後に名目上のプロデューサー。

346 ★**ワンダーの電池**は技師ジョルジュ・ルクランシェ(一八三九—八二)が一八六六年に着想したもの

をもとに十八区の骨董店主エステル・クルトキュイッス（不詳）夫人が一九一六年に開発して売り出した電池。会社は五、六〇年代に大躍進を遂げるものの、アルカリ電池の伸張に乗り遅れ七〇年代に衰退。「ワンダーの電池は使わなければ減りません」のコピーを含む五四年の広告で名を売った。

347 ★ いずれもアメリカのウォルト・ディズニー（一九〇一―六六）のアニメ映画。ただし「**キャリオカ**」は、四三年の『ラテン・アメリカの旅』に初登場するオウムのキャラクター。『**ジャンボ**』は四一年作『ダンボ』の主人公の象の母親の名で仏語題。『三人の騎士（レ・トロワ・キャバレロス）』は四四年作。『**バンビ**』は四二年作、『**ファンタジア**』は四〇年作。

***346* ワンダーの電池**

348 ★『**子鹿物語**』は米国の作家マージョリー・キナン・ロウリングス（一八九六―一九五三）の三八年の小説で、子鹿に対する少年の愛情を描いたもの。『**わが友フリッカ**』は米国の作家メリー・オハラ（一八八五―一九八〇）の四一年の作品。**マゾ・ド・ラ・ロッシュ**（一八八五―一九六一）はカナダのベストセラー作家、二七年の『ジャルナ』で知られる（François Caradec, *Histoire de la littérature enfantine en France*, Albin Michel, 1977）。

349 ★ **レーモン・スプレックス**（一九〇一―七二）はシャンソン作詞家、オペレッタ、ミュージック・ホール芸人で、ラジオ・テレビにも出演。**ジェーン・スルザ**（一九〇四―六九）は女優、司会者。「**ベンチで**」は三七年から中断を挟んで六三年にかけて放送されたスプレックスとスルザが乞食カップルを演じる対話番組。五四年にロベール・ヴェルネー（一九〇七―七九）監督によって映画化された。

350 ★「**シーニュ・ド・ピスト**」叢書は三七年に創刊されたアルサシア社の子供向け叢書のこと。『**アヤックの一味**』はジャン＝ルイ・フォンシーヌ（一九一二―二〇〇五）の三八年の作品。『**エリック皇子**』と『**朱色のブレスレット**』はいずれもセルジュ・ダラン（一九一〇―九八）のそれぞれ三七年と四〇年の子供向けのベストセラー。

351 ★四九年七月レオン・ベナールの妻、旧姓ダヴィヨー（一八九六―一九八〇）は夫を含む十二人を毒殺したかどで告発されたが、長い裁判の末、六一年十二月に無罪放免となった。一般には「ルーダンの善良なおばちゃん」と呼ばれた。ルーダンは舞台となったフランス南東部ヴィエンヌ県の町、『使用法』第六十三章（三五三頁）にもこの事件への言及がある。

352 ★**CCC**はもともと二〇年代にベルギーで評判になった、長靴などのゴム製品全般を通信販売する「ゴム製品商社 *Compagnie Commerciale de Caoutchouc*」の略号。その後フランスにも販路を広げ、オスマン大通り三五～四一番地に本拠を置き、五〇年代にレインコートに専念。キャッチフレーズ「入らず叩くだけ」は、四六年の広告代理店の発案。「叩かず入る」は事務所などの入口にある表示「ノック無用」の捩り。

353 ★「**東方の三博士**」はキリスト降誕の際ベツレヘムに礼拝にきた「三博士」のことで、一般に占星術師であると推測されている。最も若年が**ガスパール**、中年が**バルタザール**、老年が**メルキオール**と六世紀になって名づけられ、アフリカ、アジア、ヨーロッパの三大陸を代表するとされた。これら異教徒がイエスを礼拝した日を一月六日とし、公現日《エピファニー》として祝われる（『キリスト教人名辞典』、日本キリスト教団出版物、一九八六年）。なおガスパールは作家のいくつかの作品の主人公名。

354 ★『**三匹の子豚**』はディズニーの三三年のアニメ映画。ナフ・ナフはその一匹の仏語版名。残りの二匹の名はニフ・ニフとヌフ・ヌフ。

355 ★『**七人の小人**』もやはりディズニーの三七年のア

ニメ映画。小人たちのフランス語名はプロッフ、ジョワイユー、アチュム、サンプレ、グランシュー、ティミッド、ドルムール。英語のドック、ハッピー、スニージー、ドーピー、グランピー、バッシュフル、スリーピーに対応する。

356 ★**「ラダール」**は「ニュイ・エ・ジュール」社が四九年から六二年にかけて刊行した週刊グラビア雑誌。三面記事、イラスト、漫画に、時に硬派の時評が混じる。アンドレ・ベレール（一九一六―八一）主幹。

357 ★「ダイヤモンドのエナメル質《エマーユ・ディアマン》」は一八九三に創業した練り歯磨き専門の製造会社。チューブ入りの赤い歯磨きが売り。媒体による広告はせず、スーパー・マーケットなどに置かれている大衆向け製品。「ソフィベル」グループの製品として現存する。

357 ダイヤモンドのエナメル質

358 ★元来は三七年に開業した十四号線（現在のそれとは異なる）が七六年に十三号線に併合されたもの。同じ時期に両線ともに郊外にまで延長され、最も長いものとなった。八〇年代以降も延長は続き、支線も含めると総延長距離二十四・三キロ、現在でも最も長い。やや西寄りにパリの南北を結ぶ幹線路線のひとつ。

359 ★天然真珠を扱う謹厳な実業家のこの**伯父**ダヴィッド・ビーネンフェルド（一八九〇―一九七三）と作家は結局終生あまりソリが合わなかったらしい。ベロス（第四十二章、四〇二頁）にいたっては、この項目にペレ

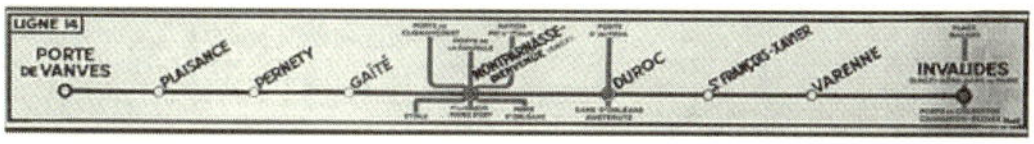

358 路線図

ックのこの伯父に対する憎悪の象徴のようなものを読み取っている。

360 ★**リセ・クロード・ベルナール**は作家が通った中学。「黄色に塗られる être peint en jaune」には、古風な表現として「女房に浮気される」の意がある。『五十三日』にもエタンプの思い出として次のようなくだりがある。「にやけた若者の、嫌われ者の舎監、〈コキュ〉というあだ名をつけられていた。というのも彼は黄色いマフラーをつけていたから」(p.35)。

361 ★**ルートヴィヒ・フォン・ケッヘル**（一八〇〇―七七）はオーストリアの音楽学者。モーツァルトの楽曲を年代順に並べて整備、編纂を行い、その整理番号が「ケッヘル番号」と呼ばれる。括弧内はその名の読みを示すフランス語読みの当て字。**BWV**はBach-Werke-Verzeichnis（バッハ作品主題目録番号）の略号。ドイツの音楽学者ヴォルフガング・シュミーダー（一九〇一―九〇）が五〇年に著したもので、他の作曲家の作品番号にも広く用いられる。なおフランス語の当て字queueは「尾、しっぽ」などを意味することから、人の名と考えにくかったのであろう。

362 ★「**極み**」は「〜の極みはなあに？」という問に語呂合わせ、地口、語音転換などで答える言葉遊びに由来する。たとえば「愛国心の極みは？」――「プロシアの青空を避けることさ」、では「プロシアの青空」が色の名「プルシアン・ブルー」にかかっている（*Trésor de la langue française*, Paul Imbe, CNRS, 1971.）。「進んでゆく時計」を前に後ずさりするのは老人。ここでは単に「前進する《アヴァンセ》」と「後退する《ルキュレ》」の反意語のとりあわせが「遊び」の要因。「愚か者にパーマをかける」には「愚行に紙一重のことをする」の意が、また「壁を削る」には「壁すれすれに歩く」転じて「身を隠す」の意がある。

363 ★**ルイ・ダカン**（一九〇八―八〇）は映画監督。ただし『**道草**』はジャン＝ポール・ル・シャノワ（一九〇九〜八五）監督の四九年の作品、作家の

思い違いか。俳優**ベルナール・ブリエ**（一九一六―八九）扮する教師が田舎の村に近代的な教育方法を導入し、親たちに反対されるが最後に説得に成功するというヒューマニズム的物語。なお「フレネの方法」とはフランスの教育者セレスタン・フレネ（一八八六―一九六六）の創始した集団作業と自由表現などを骨子とする教育法。

364 ★**読書クラブ**は商業用語で書物の頒布会のこと。アメリカの「割引で会員に図書を貸したり売ったりする組織」に準じて戦後フランスに普及したもの。**ブレーズ・サンドラール**（一八八七―一九六一）はスイス出身の詩人、作家。『**難航す**《ブルランゲ》』は自伝的十一の物語を収めた四八年の作品。

365 ★十九世紀末の知事ジョルジュ・オスマン（一八〇九―一八九一）の大改造以来、パリ市街は剥き出しの壁面に溢れており、大衆消費の始まる二、三〇年代以降、これらはアルコール飲料、衛生品などの広告の恰好の支持体となったが、四三年に規制法が敷かれて以来衰退した。

366 ★「**ソワッソン**」はイル＝ド＝フランス地方エーヌ県の町。四八六年フランク王クロヴィス（四六六―五一一）はガロ＝ロマンの将軍シアグリウスに勝ってこの町を略奪、ランスの司祭レミに返却を懇願されていた壺を戦勝記念に持ち帰ろうとしたところ、ある兵士が「王といえども運命が与えるものしか手にできない」と言ってそれを叩き割ってしまった。王は翌年、閲兵式でその兵士の装備の乱れを口実に首をはねたという。なお『使用法』第二十二章（一一〇頁）にこの壺への言及がある。

367 ★「**イセッタ**」はイタリアのイソ社（五三年から七六年まで存続）製の当初は二サイクル・モーターのスクーターおよびオートバイ。ついで二サイクル排気量二三六ccエンジンの小型三輪車になった。ドイツではBMW社が、フランスではVELAM社が五七年からライセンス製造・販売にあたった。六〇年代には高級車に変貌。**スクーター**はもともと英語だが、一九一九年フランス語に初出。終戦直後にイタリアのヴェスパが流行した。(J. Goyard, D. Pascal, *Tous les scooters du monde*, Massin, 1987)。

368 ★ **『ただひと夏の踊り』**はペロロフ・エクストラーム（一九二六―八一）の小説をもとにアルネ・マットソン（一九一九―九五）が制作した五一年のスウェーデンの恋愛映画で、邦題『春の悶え』。

367 イセッタ

369 ★ **キャリル・チェスマン**（一九二一―六〇）は四八年に米国カリフォルニア州で男女を誘拐、暴行のうえ身代金を要求。逮捕の後、獄中闘争を展開し、十二年間にわたる拘留と控訴のすえ死刑に処せられた（*Encyclopedia of Crime and Justice*, The Free Press, N. Y. 1983)。

370 ★ **ピエール神父**（一九一二―二〇〇七）はカトリックの司祭。戦時中はレジスタンスに加わり、ユダヤ人の亡命に尽力、戦後議員に選ばれたが辞職しホームレスの宿泊施設「エマウス共同体」を創設した。

371 ★ **兎粘液腫**《ミクソマトーズ》は獣医学の用語で粘液腫、ウィルスによるウサギの伝染病のことで、死亡率が高い。フランスでは五二年から五三年にかけて流行があった。

372 ★ **『失われた大陸』**はイタリアのレオナルド・ボンツィ（一九〇二―七七）監督他による五四年の長編ドキュメンタリー映画。『失われた大陸』という映画は、エグゾチスムの神話の現状をよく明るみに出している。これは〈東洋〉についての大記録映画で、その口実は、三、四人のひげもじゃのイタリア人によって南太平洋諸島で行なわれたあいまいな人類学的調査旅行で、見るからにいんちきなものである」（R・バルト、『神話作用』、篠沢秀夫訳、現代思潮社、一九六七年）のような酷評も見られる。

373 ★ **ザピー・マックス**（一九二一―）は五〇年代から七〇年代にかけてフランスとベルギーのラジオで人気を博した司会役。「ラジオのど自慢《クロシエ・ラジオフォニック》」、「がんばれ《ヴァ・ジ》、ザッピー」、「一か八か《キット・ウ・ドゥブル》」など、主として歌番組の司会にあたる。

374 ★ **エミール・ザトペック**（一九二二―二〇〇〇）はチェコの長距離ランナー、五二年のオリンピック、ヘルシンキ大会で五千、一万メートル、マラソンに優勝、「人間機関車」と呼ばれる。

375 ★ **ファン・マヌエル・ファンジオ**（一九一一―九五）はアルゼンチンの名自動車レーサー、五〇年代を通して世界チャンピオンであり続けた。誘拐事件は五八年二月二十三日に発生、キューバに二、三日拘留されたが、この国の実情に世界の耳目を集めることが目的で実害はなく、すぐに釈放された。事実フィデル・カストロ率いる一派の犯行だった（*Chronique du 20e siècle*, Larousse, 1987）。

376 ★ 『**近視のマグー**』は四九年から五八年にかけての連作物のアメリカのアニメ映画で主人公の名でもある。主要人物の極度の近視がさまざまの騒動を引き起こすことからこう呼ばれた。漫画映画作家ジョン・ハブリー（一九一四―七七）、ピート・バーネス（一九〇四―六九）などが制作にあたった。

377 ★ **クラクション**は元来一九〇八年に創業したアメリカの警笛器の会社名。車の警笛の使用は長年使用者の良識に委ねられてきたが、五四年七月二十日、事故急増の危惧をよそに、市街地での警笛の使用が禁止された。現行の道路交通法でも警笛の使用は「火急の危険回避、緊急車両の場合を除いて、とりわけ夜間および都市圏では原則として禁止――第六条三一―三五項」（*Code de l'environnement*, Dolloz, 1990）。なお、「**ルー・ルー**」音は電気ではなく圧縮空気が利用された「ラッパ型」のものか。

378 ★ 「**ゴワシェル**」姉妹、クリスチーヌ（一九四四―）とマリエル（一九四五―）はいずれも六〇年代に滑降で活躍したアルペン・スキーの名選手。特に六四年のインスブルック・オリンピック大会の「回転」と「大回転」では姉妹で金メダルを争った。

379 ★**アル・レーヴィット**（一九三二—九四）は米国のドラム奏者。五〇年代にバーバラ・キャロル（一九二五—）、チャック・ウェイン（一九二三—九七）などと共演、五七年から五八年にかけてパリに逗留し、ベシェなどとレコードを作る。その後七〇年代早々に欧州に定住。**サン＝タンドレ・デ・ザール通り**は六区の通りで、「**カメレオン**」は五七番地に五一年に開業した当時流行の左岸のキャバレーのひとつ。

380 ★**バオ・ダイ**（一九一三—九七）はヴェトナムのグエン王朝最後の皇帝（在位二五～四五年）。ヴェトナム民主共和国に対抗する親仏政権を作り、ヴェトナム南部を統治する（四九～五五年）が、米国の後押しを受けるゴ・ディン・ジエム（一九〇一—六三）に敗れフランスに亡命した。しかしジエム自身六三年の軍部クーデターにより銃殺された。**ヌー夫人**（一九二四—二〇一一）はやはりこのとき暗殺されたジエムの弟ゴ・ディン・ヌー（一九一〇—六三）の夫人。おりから合州国を遊説中だった夫人はクーデターに責任ありとして米政府を非難した。なお「ヌー Nhu」は実際には「ニュー」に近く、フランス語では「裸」の意。

381 ★**レグ・ハリス**（一九二〇—九二）は四、五〇年代に活躍したイギリスの自転車レーサー、四七年にアマチュアの速度世界チャンピオン、四八年ロンドン・オリンピックで銅メダル、四八、四九、五〇、五一年の四回にわたり世界チャンピオン。引退してから二十年後の七四年に返り咲きを果たし注目された。世界記録は四九年と五一年の戸外一キロと五五年の室内一キロの計三回。

382 ★**パブロ・ピカソ**（一八八一—一九七三）はスペイン出身、フランスで制作した画家、彫刻家、陶芸家、キュビスム創設者の一人。**スターリン**（一八七九—一九五三）はソ連の政治家。『**鳩**』は当時共産党員だったピカソの四九年の作品、パリ平和会議のポスターに用いられた。また**『スターリンの肖像画』**は画家が五三年三月五日のスターリンの死の直後アラゴンに頼まれて「レットル・フランセーズ」誌のために描いたデッサン、三月十二日の同誌に掲載されたが共産党は強い拒絶反応を示し画家は困惑した（『パブロ・ピカソ』、ニューヨーク近代美術館編、旺文社、一九八一年）。

383 ★ **ジャン＝ポール・ダヴィッド**（一九一二―二〇〇七）は実業家、政治家。戦時中はレジスタンスに加わり、戦争捕虜の社会復帰に尽力する。戦後は四七年来パリ北郊マント＝ラ＝ジョリー市長、四六年から六二年までセーヌ＝エ＝オワーズ県の代議士。その間中道左派から右派にわたるさまざまな政治組織の役職に名を連ねている（Henry Coston, *Dictionnaire de la politique française*, Henry Coston, 1967）。

384 ★ 五〇年代末の反飲酒キャンペーン公共広告のキャッチフレーズ。ベルナール・ヴィルモ（一九一一―八九）の五七年作のポスターで知られる。二本の酒瓶を松葉杖にして歩く男の真っ赤な背景の上下に本文の文句が黄色で記されている。（広告博物館資料）。

385 ★ **枢機卿フランシス・スペルマン**（一八八九―一九六七）は米国のローマ・カトリック教会の枢機卿、三九年から六七年までニューヨーク大司教、第二次世界大戦中ルーズヴェルトの代理としてド・ゴール率いる自由フランス軍との交渉にあたったことがある。五〇年代にしばしば反共的発言を行った（A・ワース、『ドゴール』、内山敏訳、紀伊国屋書店、一九六七年）。

386 ★ **ピーター・タウンゼンド大佐**（一九一四―九五）はイギリス空軍の軍人、四四年から五二年までジョージ六世の、五二年から五三年までエリザベス二世の侍従を務める。

387 ★ **オリノコ＝アマゾン探検**は四八年から五〇年にかけて三人のフランス人、ジャン・フィクテ（一九二九―）、ピエール・ドミニック・ゲソー（一九二三―九七）、アラン・ゲールブラント（一九二〇―二〇一三）とコロンビア人ルイス・サエンツ（一九二二―）によって南米パリマ山地で行われた探検（J. Fichter, *De l'Orénoque à l'Amazone*, Ouest-France, 1990）。**アンナプルナ**は五〇年にフランスの登山隊が初めて登頂に成功したヒマラヤの八千メートル級の山、登頂者のひとりモーリス・エルゾーグ（一九一九―二〇一二）の『初めての八千メートル峰アンナプルナ』（『処女峰アンナプルナ』、近藤等訳、白水社、一九六〇年）は五一年のベストセラー。**シェルパのテンジン**（一九一四―八六）は五三年、イギリスの探検隊に参加してエドモンド・ヒラリー（一九一九―二〇〇八）とともにエヴェレスト（チョモランマ）の初登頂に成功したネパール人シェルパ。

388★ **ノエル＝ノエル**（一八九七―一九八九）は俳優。『**もの静かな男**』はルネ・クレマン（一九一三―九六）監督の四六年の映画。とある五十歳がらみの穏やかな男が実はレジスタンス組織の頭目というドイツ占領下が舞台となる物語。映画のポスターもノエル＝ノエル作。

389★ イギリスの外相、当時国防相**ジャック・プロフューモ**（一九一五―二〇〇六）が、ソ連の外交官と交渉を持っていたとされるモデル・ショーガール、**クリスチーヌ・キーラー**（一九四二―）との関係を取り沙汰されて辞任した一九六三年六月の事件。

390★ **巨人アトラス**（一九二二―七六）はラジオ、映画などに出演したベルギー生まれの巨人、身長二二四・八センチ、ギリシア神話の巨人神の名に因む。**小人ピエラール**（一九二三―二〇〇三）はマルセル・カルネ（一九〇六―九六）監督の四二年の『悪魔が夜来る』以来多くの映画に出演した（J. Tulard, *Dictionnaire du cinéma*, Laffont, 1984）。

391★ **パトリス・ルムンバ**（一九二五―六一）はコンゴの民族運動指導者、政治家。六〇年にベルギーから独立したコンゴ民主共和国初代首相となったが、その後のコンゴ動乱の渦中に殺害された。六五年からセセ・セコ・モブツ（一九三〇—九七）大統領の独裁が続き、国名は七一年にザイール共和国、モブツ体制崩壊の九七年に再度コンゴ民主共和国となる。

392★「**シャントクレール**」は五区、サン＝ミシェル大通り八九番地に比較的近年まで存在したレコード・楽器店、その後「忍び足」という同種の店を経て、現在は「フランス・テレコム」のショールーム。ベロス第四章に次のような言及がある。「エステール（ジョルジュ・ペレックのもうひとりの伯母）はサン＝ミシェル大通りの蓄音機店の地下で〔働いていた〕。そこで彼女は階上にいる顧客が一スー支払えば一曲聞けるよう、七十八回転のレコードをターンテーブルに載せていた」（四六頁）。

393★『W』第X章およびXV章で腕あるいは肩甲骨骨折に関する作家の思い出が語られるが、ルジュンヌによれば「愛情に飢えた」少年の隠蔽記憶。ベロスにも『五十三日』にも該当する記述が見当たらないことからすれば、『W』の右の挿話の延長に位置する同種の記憶か。

394★「**袋競走**」は下半身を袋に突っ込んで争われる徒競走。スポーツの正式種目というよりも、運動会などでの余興の一つ。一八九六年のリュミエール兄弟による黎明期の映画に登場する。

395★「**お口でとろけて、手でとけない……**」はアメリカのチョコレート会社M&Mのキャッチ・フレーズ。四〇年にフォレスト・マース（一九〇四—九九）がブルース・ムリー（一九〇九—七八）と設立した会社で、スペインと南太平洋、すなわち高温地帯に派遣された米兵たちの要請に応えた製品を開発した。フランスでは八六年までトリーツ社の製品として知られる。右のフレーズは五〇年代のもの。

396★「**カイエ・デ・セゾン**」は五五年創刊、六七年廃刊の文芸誌、ピエール・オレー（一九一〇—七八）主幹、年六回刊行。「**八四**」は四九年創刊、五一年廃刊の、ジェローム・ランドン（一九二五

―二〇〇一）主幹のミニュイ社の月刊文芸誌。「**コンタンポラン**」はクララ・マルロー（一八九七―一九八二）主幹の五〇年創刊、五一年廃刊の月刊文芸誌。「**メルキュール・ド・フランス**」は一八九〇年にアルフレッド・ヴァレット（一八五八―一九三五）と数人の文学者によって創刊された月刊誌、五八年にガリマール社に併合。「**ターブル・ロンド**」はロラン・ロダンバック（一九二一―九一）が四四年に創立した同名の出版社の月刊誌。「**カイエ・ド・ラ・プレイアード**」はジャン・ポーラン（一八八四―一九六八）がNRFを継承して四六年に創刊、五一年まで存続した年二回刊行の雑誌。

397 ★「**コンセール・パクラ**」、「**ユーロペアン**」はいずれも十九世紀後半に開設されたミュージック・ホールの前身カフェ・コンセール、映画の伸長と共に劇場に変身。前者は十一区ボーマルシェ大通り一〇番地に六二年まで存続、後者は劇場に転身ののち十七区ビオ通り五番地にミュージック・ホールとして現存。

398 ★**ヴィダル・サスーン**（一九二八―）はロンドンのユダヤ人地区に生まれた美容師。十四歳から修業して五四年、ロンドンの中心街にサロンを開設、六〇年代からつぎつぎに新しいヘアスタイルを創造して世界的な名声を得る。

399 ★「**プロヴォ**」は「煽動者 provocateur」に相当するオランダ語起源の語。反体制文化、反文化を唱えるオランダの活動家たちが六五年から七〇年代にかけて展開した運動ならびに刊行した雑誌の名称。

400 ★『五十三日』の第二章にエタンプの思い出の一部として次のような記述がある。「そして音の思い出。授業の終わりに鳴る鐘の音、廊下に並ぶときにぼくたちの木靴がたてる音、休み時間の校庭の叫び、食堂の喧騒、そして総監督が入ってきたときの、沈黙の音までも」(p.37)。

401 ★**フランソワーズ・ジルー**（一九一六―二〇〇三）はジャーナリスト、エッセイスト、政治家。「**タ**

ン・モデルヌ」は一九四六年にサルトルが創刊した文学・哲学・政治雑誌。**クロード・ランズマン**（一九二五—）は作家、ジャーナリスト、およびこの雑誌の編集者。近年ではとりわけ八五年に公開された映画『ショア』の監督として知られる。なおこの論考は同誌の五三年、第八十七号に確かに掲載されているが、著者はランズマンではなく、ジャック＝ロラン・ボスト（一九一六—九〇）で、ジルー論ずる「パリの名士たち」を批評したもの。

402 ★**ボワット・ド・ココ**は薬剤師ジュール・クルティエ（不詳）が一九〇二年に開発した甘草根を利用した飴の一種。ココ・ボエールとも呼ばれた。金属の小さな缶に入った茶色の粉末状のもので、パン屋などで売られており、小・中学生が学校帰りに買って嘗めた。

403 ★**ルイ・マル**（一九三二—九五）は映画監督。早くから映画界に入り海軍艦長、海洋学者、海洋映画の専門家**ジャック＝イヴ・クストー**（一九一〇—九七）の助手を務める。『**沈黙の世界**』はクストーの五五年の作品。「カリプソ号」をあやつり地中海、紅海、インド洋、ペルシャ湾をめぐって撮影した記録映画。自ら開発したスキューバ「アクアラング」が威力を発揮。五六年二月に公開された。

404 ★**クロード・リュテール**（一九二三—二〇〇六）はフランスを代表するクラリネット、ソプラノ・サックス奏者、バンド・リーダー。四六年五月、五区カルム通り五番地のホテルの地下にパリで最初の穴蔵酒場「**ロリアンテ**」を開設させ、専属のロリアンテ楽団を編成、サルトルやクノーの訪れる名所となる。名実ともに当時のフランス・ジャズ界の第一人者。シドニー・ベシェなどとしばしば共演した（Boris Vian, *Manuel de St. Germain des Prés*, Chêne, 1974)。

405 ★「**赤いバラ**」は戦後の左岸を代表する七区レンヌ通り七六番地に五〇年代半ばまであったキャバレーのことだが、むしろ小劇場として使われた。後に映画監督となるニコ・パパタキス（一九一八—二〇一〇）が四七年に創設、歌手グレコなどが育つ。「**四季の泉**」は五一年に七区グルネル通り五九番地に開業したキャバレー、詩人ジャック・プレヴェールの弟にあたる映画監督のピエール（一九〇六—八八）が五八年まで運営にあたった。

406 ★**ポール＝エミール・ヴィクトール**（一九〇七—九五）は極地探検家で、二十九年間にわたってグリーンランド、南極などの探検にあたる。**アルーン・タジエフ**（一九一四—九八）はポーランド生まれ、ベルギー・フランスの地理・火山学者で、数多い著作とドキュメンタリー映画で知られる。

407 ★クセノポン（前四二七？—前三五五？）起源というギリシア語「**ウク・エラボン・ポラン** ουκ ελαβον πολιν」の意味は「彼らはその都市を奪取しなかった」。「女中はどこだ、ポーリーヌは《ウ・ケ・ラ・ボン・ヌ・ポーリーヌ》」に読み替えられる。クセノポンの続きの答え「**アラガール・エルピス・エフェ・カカ**！ αλλα γαρ ελπις εφη κακα」の意味は、「というのも彼らにはそれを奪取する希望はなかったから」で、「あの娘は駅でオシッコとウンコ《ア・ラ・ガール・エル・ピス・エ・フエ・カカ》」というフランス語に音が近い。シーザー（前一〇〇—前四四）の『ガリア戦記』から引かれたというラテン語、「**ケザーレム・レガト・アラクレム・エオールム**」は「快活な皇帝を彼らの議員に（わたしは派遣する）」の意で、「シーザーはクリームとラム酒入り《セザール・エーム・レ・ガトー・》のケーキがお好き《ア・ラ・クレーム・エ・オ・ロム》」に読み替えられる。いずれも中高生あたりの言葉遊び。

408 ★一周ではなくて区間を競う自転車のロードレースの名称はしばしば区間名で表されてきた。**リエージュ〜バストーニュ（ルクセンブルク）〜リエージュ**は一八九二年創設のレース。**ボルドー〜パリ**は一八九一年創設のドゥミ・フォン・レース。**パリ〜ブレスト〜パリ**は一八九一年創設、一九五一年まで存続したレース。**パリ〜カマンベール**は一九三七年来のレースで、三四年の開始時にはパリ〜ヴィムティエと呼ばれた。**ミラノ〜サン・レモ**は一九〇七年創設。**トゥール・デュ・ドーフィネ**

は、一九四七年に開始されたやや小規模のレース。ほとんどが現在まで存続する。

409 ★**バカロレア**は中等教育の終了と大学入学の学力を試す国家統一の資格試験で、最終学年終了時、本土では六月に行われる。一八〇八年にナポレオンによって創始された。現今では一般、専門、工業の三部門に分れる。合格率は八割程度。**行列**《モノーム》は特にバカロレア試験の後に肩を組んで街をねり歩きばか騒ぎをする生徒の行列のこと。十九世紀末に始まったが、パリでは一九六八年に禁止された。

410 ★戦前は近郊列車用にモンパルナス駅、その南に長距離列車用のメーヌ駅が設けられていたが、戦後も六〇年代に入ると、都市計画の一環として前者を南に移動してメーヌ駅と統合されることになり、六一年に着工、七四年に完成。駅舎そのものも新築され、跡地に五九階建ての高層ビル「モンパルナス・タワー」が建てられた。

411 ★「**国民投票** référendum ／ referendum」は国民的利害に関わる問題について国民の直接選挙によって審を問う憲法上の制度。四六年には五月と十月の二回にわたって第四共和制の憲法改正案に関する国民投票が行われた。ただし二つの答えが問われたのは四五年十月のもの。その内容は①新議会を制憲議会とみとめるか②新議会は人民主権に従属せぬものとするか（内山敏、『フランス現代史』、岩波新書、一九五八年）。

412 ★**ジャック・ゴデ**（一九〇五―二〇〇〇）はスポーツ記者、とりわけ三六年以来トゥール・ド・フランスの解説にあたる。**ジョルジュ・ブリッケ**（一八九八―一九六八）もRTF局のスポーツ部門主任、三〇～五〇年代にかけて自転車ほかさまざまな種目のリポーターを務める。サッカーの解説書の著者でもあった。

413 ★「**フランスの若者たちは音楽家**」は音楽家フランソワ・セレット（一九二七―九九）が制作・出演したラジオ番組。六七年十二月から七〇年代半ばまで放送。

414 ★**翼の生えた馬**すなわち「ペガサス」をシンボルと

していたのは一九一一年創業のアメリカの石油会社モービル。三一年にソコニーとヴァキュウム・オイル石油会社が合併して潤滑油の会社を創り五五年にモービル社に変名。このロゴは六四年まで使用された。「**アジュール**」はシャルル（一八二四―七八）とアンリ（一八二五―八七）のデマレ兄弟が一八六一年に創立したフランス最古の石油会社CFPがガソリン・スタンドで使用した商標。六五年にトータルに併合。（M. Wlassikoffe, *La plaque emmaillée publicitaire*, Ed. Alternative, 1985）

415 ★エタンプでの寮生活の思い出であろう。ジャン・ヴィゴ（一九〇五―三四）監督の一九三三年の映画『操行ゼロ』の名場面が想い起こされる。

416 ★**プジョー**はアルマン・プジョー（一八四九―一九一五）の興した自動車会社とその車名。一九二九年に主流乗用車〇一シリーズを開発、二〇一型がその嚆矢。以後四八年まで三〇一、四〇一、六〇一、ついで二〇二など〇二型を開発。四八年から七六年まで〇三型、六六年から八一年にかけては四〇四、五〇五型などに主力を注いだ。全般に百の位は排気量すなわち馬力（二＝六CV、三＝八CV等々）を、一の位は技術的な大変革（たとえばバルブのタイプ、位置など）が行われるたびに番号が変更された（P. Dumont, *Peugeot*, E. P. A. 1967）。「**パシフィック**」は今世紀初頭ニュージーランドで開発され、米国を経て西ヨーロッパ全域で一九六五年頃まで使用された「花形」高速・旅客用蒸気機関車。二三一型は側面から見た駆動輪三つを挟んで前方に二つ、後方に一つの補助輪を持つ、車軸種による呼称（H. Vincenot, *Locomotive à vapeur*, Nathan, 1984）。

417 ★**O・ソグロー**（一九〇〇―七五）は米国の漫画家で、『**小さな王様**』は三一年から没年まで雑誌「ザ・ニューヨーカー」などに連載された台詞なしの作品。フランスでは「マッチ」、「タンタン」などの雑誌に掲載された。

418 ★「**ジュヴァキャトル**」は一九三七年から六〇年

まで製造されたルノー社の車種。標準型はエンジン四気筒、五八×九五ミリ、一〇〇三センチ、三・六馬力、前輪駆動車（G. Hatry et C. Le Maître, *Dossiers chronologiques Renault*, La fourcade, 1982）。

419 ★ エタンプのコレージュでの作家のスパルタ式寮生活に次のような伝聞がある。「土曜の午前は学校の通常の日課だったが、午後は体育に充てられ、その後二時間の手作業があった。週末でも寄宿生たちは、午後六時までは自由に自宅に戻ることもできなかった」（ベロス、第十章、二四頁）。

420 ★ 「**メカノ**」は金属製部品をボルト、ナットなどで組み立てて機械、乗り物などのモデルを作る「レゴ」に似た玩具の商標。一九〇一年にイギリス、リヴァプールのフランク・ホーンビー（一八六三―一九三六）が考案。**六番**はその上位のもの、番号が増えるほど部品が増え大型、複雑で組み立てが難しい。かつては〇番から一〇番まで、現在は五〇番までである。

418 ジュヴァキャトル

421 ★ 「**鉛の兵隊**」は実際には錫を鋳造したものが主流。自ら彩色したり、編隊したりして遊ぶ十九世紀以来の玩具。「鉛」のものは高価。『W』第Ⅷ章（四八頁）に次のような言及がある。「ぼくの人生のある時期〔……〕、ぼくが父に抱いていた愛は鉛の兵隊に対する凄まじい情熱と一体になった。ある日伯母はぼくにクリスマス・プレゼントにローラースケートか歩兵の一団かどっちがいいか選ぶように言った。ぼくは歩兵を選んだ。彼女はぼくに諦めさ

420 メカノ

せる労すら取らずにスケートを買いに店に入ったが、このことでは長いあいだ彼女を許せなかった［……］リセに通いはじめた頃、彼女は毎朝ぼくにバス代に二フランくれた……おかげで週に三回、通学路にある小さな店で兵隊（ただし残念なことに陶器製のだった）を一体買うことができた」。

421 鉛の兵隊

422 ★「**カブスカウト**」にあたるフランス語 louveteau は本来「一歳未満のオオカミの子」の意。ここではイギリスのロバート・バーデン＝パウエル卿（一八五七―一九四一）が〇七年に組織した「ボーイスカウト」の八歳から十二歳までの年少の子女を対象とした組織のこと。イギリスでは二一年に発足、翌年フランスに導入された。なおベロス（第九章、一〇三頁）によれば作家が団員の登録をしたのは四五年末、すなわち九歳のおりのこと。

423 ★「**ロワイヤル＝パッシー**」は十六区パッシー通り一八番地にあった名画座系映画館。「ブロードウェイ」に名を変えて八二年まで存続。しばしの閉鎖の後九四年に「マジェスティック・パッシー」として復活。戦後しばらくの間、幕間に下りるカーテンを利用して発光塗料による広告が行われた（B. Ulmer, Th. Plaichinger, *Les Ecritures de la nuit*, Syros Alternatives, 1987）。

424 ★アメリカの歌手パティ・ペイジ（一九二七―二〇一三）の五三年のヒットソング「ワンワン・ワルツ」。ボブ・メリル（一九二一―九八）作詞、イングリッド・ロイトシェルド（一九〇五―八六）作曲。フランスでは同じ年にリーヌ・ルノー（一九二八―）が歌った。

425 ★「**シクスティーン・トン**」は炭坑夫の労働を内容とする米国の歌手テネシー・アーニー・フォード（一九一九―九一）の歌。カントリー・シンガ

ー、マール・トラヴィス（一九一七—八三）作、五五年十一月の発売後三週間でミリオン・セラー（F・ブロンソン、『ビルボード・ナンバー一・ヒット』、井上憲一他訳、音楽之友社、一九八八年）。

426★「**ガストン、電話が鳴ってるよ**」はイタリア出身の歌手ニノ・フェレール（一九三四—九八）の「電話 *Le téléfon*」という六七年の歌。綴りの変異は音声綴りというよりもイタリア語訛を模したもの。

427★元来はスイスの司祭ジョゼフ・ボヴェ（一八七九—一九五一）が二九年に作詞・作曲した教化的民謡「古い山小屋」。次に見るように戦時中ペタン政権支持派・反対派双方により替え歌が作られた（国立音声資料館、8°-232972（40））。

428★*427*の歌のパロディ。ただしこれは「ペタン政権」とは別物であろう。次項と同様の「連鎖」を歌詞に採用している。

429★おしまいの同（音）語を反復して異なった句を繋げてゆくいわゆる「尻取り」遊び、正式には連鎖（コンカテナシオン）の定番。ただし通常は「金輪際こりごり marre à bout」は「イスラムの修道師 marabout」。他にも多くの異文がある。

430★**ヨーハン・シュトラウス**（一八二五—九九）はオーストリアの作曲家。**シャトレ劇場**は一区の同名の広場にある音楽劇場で、一八六二年にガブリエル・ダヴュー（一八二三—八一）により建造された。**『ウインナ・ワルツ』**は約百七十にのぼる作品群で、『美しく青きドナウ』（六七年）、『芸術家の生涯』（六七年）、『酒・女・歌』（六九年）、『ウィーン気質』（七三年）などが有名。シャトレ座での『ウインナ・ワルツ』の公演は一九四一年以来千五百四十五回を数える（P. Brunel, S. Wolff, *l'Opéra*, Bordas, 1980）。

431★電波探知機「**レーダー** radar」は英語 radio detecting and ranging の略号、一九四〇年の合州国海軍の命名。また「**ナイロン** Nylon」は米国デュポン社の社員ウォレス・カロザース（一八九六

一九三七）が三五年に開発した人工繊維。日本から輸入していたパラシュート用絹の代替品の発明だったことから、「おまえたちの負けだ、老いぼれ日本人どもめ Now You Lose, Old Nippons!」の頭文字をとって命名したとの説がある。なお**レーヨン** rayonne はセルロースをもとにした同様の人工繊維。イレール・ド・シャルドネ（一八三九―一九二四）の八四年の発明に負うところが大きい。こちらはフランス語の「光沢 rayon」が語源とされる。

432 ★〈**スティグマル**〉は〈**オリゾン**〉とのコンビで一九二七年から発売を開始したレンズ会社、三区パストゥレル通り六番地に本拠を置いた。『考えること／分類すること』の「眼鏡」の項に同じ広告をめぐって次のような言及がある。「パッシー通りの眼鏡屋のショーウインドウで何年ものあいだ目にしたものだと思うが、四行詩のとある広告の終わりの三行を憶えている。にこやかな老婦人が描かれ、テクストにこうあった［……］」(pp.147-148)。ただし、同社の広告にはこのような韻文のものは見当たらない。

433 ★「**デュラトン家族**」はリュクサンブール放送の番組。三七年から六六年にかけて火、木、土の十九時三十分から放送された。父親ジャン・グラニエ（一九一一―二〇〇一）に母親イヴォンヌ・ガリ（一九〇六―二〇〇二）、娘リーズ・エリナ（一九一三―九三）、息子ジャン＝ジャック・ヴィタル（一九一三―七七）からなる家族に毎回ゲストが加わり、コントを交えるテレビ普及以前の「平均的フランス人」好みの典型的ラジオ番組。初期にはノエル＝ノエルも出演した。

434 ★**デイヴィー・クロケット**（一七八六―一八三六）は米国の開拓者であり、政治家、さらには民間伝承の英雄、罠猟師。テキサスの独立を主張する運動に参加しアラモの砦で戦死した。**毛皮の縁なし帽**は彼が好んで被ったため「クロケット帽」と呼ばれた。流行は五、六〇年代に繰り返し上映されたこの人物を主題にした映画によるものであろ

う。

435 ★疎開時の思い出。『W』第XXI章のヴィラール＝ド＝ランスでの次のような思い出に照合するものであろう。「〔……〕というのもアンリは、ぼくたちが卵や牛乳、バターを手に入れるためにヴィラール近在の農家に遠出しているときに、小さな手押し車にぼくを乗せながら、ぼくの合の手のもとに身振り手振りよろしくその主要な筋の展開を話してくれたから」（一九四頁）。

436 ★**『この世に男のいるかぎり』**は米国の小説家ジェイムズ・ジョーンズ（一九二一―七七）の五一年の小説『地上より永遠に』を原作とする米国のフレッド・ジンネマン（一九〇七―九七）監督の五三年の映画のフランス語タイトル。第二次世界大戦中の米軍部内での確執が主題、ランカスター、モンゴメリー・クリフト（一九二〇―六六）などが出演。

437 ★**カナスタ**は四〇年頃にウルグアイで創案されたトランプ・ゲーム、普通二人からなる二つのチームで争うセヴン・ブリッジに類した遊び。ベロスの第二十八章（二九八頁）に、一九六四年夏、ノルマンディーのレ・プティット・ダールにある友人の別荘でペレックが夫婦で盛んにこのゲームを楽しんだ旨の記述がある。また『使用法』第八十七章（四九〇頁）にも言及がある。

438 ★**ミジャヌー・バルドー**（一九三九―）はブリジットの五歳年下の妹マリー＝ジャンヌの愛称。姉の後を追って映画界入りし、六一年のマカロニ海賊映画『海賊黒鷹』などに出演するが、やがて「映画界に嫌気がさして」、監督パトリック・ボーショー（一九三八―）と結婚した。ミジャヌーは、幼少年期に姉が妹につけたニックネームで、それがそのまま芸名となった（Catherine Rihoit, *Brigitte Bardot-Un mythe français*, O. Orban, 1986. 山田宏一編、『ブリジット・バルドー』、芳賀書店、一九七一年）。

439 ★**エフレム・ジンバリスト・ジュニア**（一九一八―）はアメリカの舞台、映画、テレビ俳優。「サンセット七七」、「ＦＢＩアメリカ連邦警察」など、五〇年代から七〇年代のテレビ番組で名を馳せた。同名のよく知られたヴァイオリン奏者の息子（*Dictionnaire du cinéma et de la télévision*, Jean-Jacques Pauvert, 1965.)。

440 ★**「パパちゃん、今日はあなたの誕生日……」**は古来の童謡「パパちゃん」。「それにパパの胸に置く花束も／ぼくのパパちゃん、ぼくのパパちゃん」と続く。いくつかの異文がある。ベロス第六〇章（六〇〇頁）にこの歌、あるいは異文への言及がある。

441 ★**「馬鹿じゃねえんだぞ……」**は歌手ジョルジウス（一八九一―一九七〇）の歌「リセ・パピヨンじゃ」のリフレインの部分。三七年に全国的流行。なおジョルジウスは二七年以来独特のジャンル、出演する歌手のそれぞれが独自の芝居を演じ、歌う「歌う芝居」の創始者。シナリオ・ライター、推理小説作家としても活躍した。

442 ★共に往年の名自転車レーサー。**エミール・イデー**（一九二〇―）は四二年、四七年に仏チャンピオン、五〇年に引退。**ギー・ラペビー**（一九一六―二〇一〇）は三六年のオリンピック大会で優勝、三九年ボルドー～パリで負傷して引退。

444　ヨーヨー

443 ★**フラフープ**は米語 hula hoop に由来。直径約一メートルのプラスティック製の輪を腰に廻してフラダンスのように振る。五〇年代末にアメリカで、ついで世界的に流行した運動・遊戯およびその道具、日本でも五八年秋に大流行した。

444 ★**ヨーヨー**はもと商標名で、二個の車輪形の木、プラスティック、金属などの中央部を合わせくぎで接合し、その回りにひもを巻いたおもちゃ、ひもの一端を指に巻き、手を上下に動かして回転させながら上下させる。フランスでは十八世紀末イギリスから大革命の亡命者《エミグレ》たちが持ち帰ったことから、エミグレットと呼ばれた。一九二〇年代に流行、合州国で三〇年に商標登録。以後六〇年代、八〇年代にも世界的流行を見た。

445 ★ **ロミー・シュナイダー**（一九三八―八二）はオーストリアの女優。『**シシー**』は五五年から五七年にかけてのオーストリアの監督エルンスト・マリシュカ（一八九三―一九六三）の「プリンセス・シシー」三部作の総称。皇子と王女の恋愛物語。一時女優自身の愛称ともなった。

446 ★ 『**ファールビック**』はジョルジュ・ルキエ（一九〇九―八九）監督の四七年の映画、フランス中部アヴェロン県の農家の四季と日常を描いたドキュメンタリー作品。

447 ★ **アイク**は米国の将軍・政治家、陸軍参謀総長（四五年～四八年）、第三十四代大統領（五三年～六一年）を歴任したアイゼンハワー（一八九〇―一九六九）の通称で、「**アイ・ライク・アイク**」はその五二年の大統領選挙キャンペーンに際するキャッチフレーズ。「**ユー・エス・ゴー・ホーム**」は同じ人物が五一年はじめ初代の北大西洋軍最高司令官としてパリに到着した際の反対派のデモのスローガンで、「アメ公帰れ」の意（内山敏、『フランス現代史』、岩波新書、一九五八年）。**バリー・ゴールドウォーター**（一九〇九―九八）は米国の上院議員、六四年共和党の大統領候補となるもジョンソンに破れる。AuH_2Oはその姓（ゴールド（Au）、ウォーター（H_2O））を化学記号で表したもの。

448 ★ **アヴニュ・ドュ・メーヌ**は十四、十五区の通り。**ジャン・ロビック**（一九二一―八〇）は名自転車レーサー、戦後初めての四七年のトゥール・ド・フランスに最終ステージで逆転し予想外の優勝。「ロビックの店」は十四区アヴニュ・ドュ・メーヌ六一番地にロビックが所有していた二つ星カフェ＝レストラン（*Michelin, France*, 1961）、六〇年ごろに開店。

449 ★ **RTL**はラジオ・テレヴィジオン・リュクサン

ブール Radio-Télévision-Luxembourg の略号。国営ラジオしか存在しなかった頃から、本社と送信施設を国外に置いて放送した、いわゆる周辺局の一つ。**ジャン・ヤンヌ**（一九三三―二〇〇三）はラジオ作家、テレビ、シャンソン、映画界で活躍した。ラジオ番組では「おやまー！　なんて奇妙、なんて不思議」、「穴ぼこの口」、「文化って言葉聞くと携帯ラジオを取り出しちまう」などで六〇年代に成功を収める。「地口」――「**よそで撃たないか、**《ティール・アイユール》**そこはおれんちの庭先だ！**《セ・メ・ガレ》」は「セネガル狙撃兵部隊」の、「**やつらは飢えた**《ス・ソン・ダヴッド・》**愚かな司祭どもだ！**《エ・ベット・ザ・ベ》」、は聖書中の逸話「それはダビデとバテシバだ」の、「**九人の役者がいつも**《ヌフ・アクトゥール・ソンヌ・》**二度電話してくる！**《トゥジュール・ドゥー・フォワ》」はテイ・ガーネット（一八九四―一九七七）監督の四六年の映画『郵便配達は二度ベルを鳴らす』の、また「**苛立った司祭が**《ラベ・イリテ・ソール・》**子供たちをシャワーから出す！**《ド・ラ・ドゥーシュ・デ・ザンファン》」は「真実は子供の口から漏れる」という諺の、それぞれ地口をなす。

450

★**フィリップ・ウヴィオン**（一九五七―）は棒高飛びの選手。**パパ・ガロ・ティアン**（一九三〇―二〇〇一）はセネガル出身の走り高飛びの選手。**リュシアン・サント＝ローズ**（一九五三―）は一〇〇m、二〇〇m走の選手。**ミシェル・ジャジー**（一九三六―）は中距離の選手。**クロード・ピクマル**（一九三九―）は一〇〇m、二〇〇m走の選手。**ラファエル・ピュジャゾン**（一九一八―二〇〇〇）は二〇〇〇m、三〇〇〇m走の選手。**ヴァルリ・ブランメル**（一九四二―）は旧ソ連の高飛びの選手、六五年にバイクの事故で経歴を断念。**イゴール・テール・オヴァネシアン**通称プランス・イゴール（一九三八―）は旧ソ連の幅跳びの選手。

451

★**チャールズ・ロートン**（一八九九―一九六二）はイギリス出身のアメリカの舞台・映画俳優、監督。『**狩人の夜**』はデイヴィッド・グラップ（一九一九―八〇）の五三年の小説を原作とする五五年の映画。俳優**ロバート・ミッチャム**（一九一七—九七）の演技が高く評価された。

452 ★ヴェルコールに疎開中、八、九歳ごろに作家はスキーに親しんだ。『W』第XXI章にスキーの固定法についての次のような言及がある。「ぼくのスキーは踝近くで締められるものだった。締めるのが難しかった（ストックの石突きの先端をてこに使った）。それはかろうじて足を保持するもので、些細なことで外れてしまった。靴のずっと前の方で締まり、踵に作られた窪みにぴったり収まる金属のワイヤーが槍の穂先の形をした船嘴式のバインディング、あるいはさらに、ランクづけの頂点に位置する、なかばプロ専用の、紐を結ぶシステムがひどく複雑なもの［……］に憧れていた」（一四七頁）。

453 ★「**エンドウ豆は赤さ** Les pois sont rouges」は「金魚 les poissons rouges」の地口、あるいは同音異義性《オモフォニー》に基づく言葉遊び。

454 ★いずれもロベール・デリー（一九二一—二〇〇四）の劇作品。『**いかれぽんち**《ブランキニョル》』は四八年「ブリエール座」で、『**デュギュデュ**』は五一年同じ劇場で、また『**まあ、みごとなお髭**』は五三年「ドーヌー座」で上演されたコメディー。『いかれぽんち』は四九年に自らの手で映画化、他にも映画作品がある（Robert Déhry, *Ma vie de branquignol*, Calman-Lévy, 1978）。

455 ★**フランク・フェルナンデル**（一九三五—二〇一一）は俳優、歌手。高名な喜劇俳優フェルナンデル（一九〇三—七一）の息子。六二年、イタリアの監督ジョルジオ・ビアンキ（一九〇四—六七）の『衛兵の交代』、六四年、ミシェル・ボワロン（一九二一—二〇〇二）監督の『アイドルを探せ』などに出演。

456 ★**アルジェリア爆弾**は雷酸銀にまぶしたガラス玉や小石を薄い紙に包んだ花火で、壁や地面にぶつけるとパチンと鳴りながら爆ぜる、いわゆる「かんしゃく玉」のこと。とりわけ六〇年初頭のアルジエリア戦争の時代にこのように呼ばれたらしい。

457 ★ いずれもスキーの名選手。**エミール・アレ**（一九一二―二〇一二）はアルペン競技の選手、三〇年代後半に世界選手権制覇。**ジャム・クテ**（一九二一―九七）は三〇年代から五〇年代にかけて活躍したアルペン競技の選手、十七回にわたり仏チャンピオン、後に理論家、コーチになった。**アンリ・オレイエ**（一九二五―六二）は四八年にフランスで初めてオリンピックに優勝したアルペン競技選手、後自動車レースに転向、五九年に仏チャンピオン、モンレリーのレースで事故死。

458 ★ **グロリア・ラッソ**（一九二八―二〇〇五）はスペイン出身で、五、六〇年代にフランスで活躍した女性歌手。**ティルダ・タマール**（一九一七―八九）はアルゼンチンの女優、五〇年代のスリラー映画で活躍。**マリア・フェリックス**（一九一四―二〇〇二）はフランス、イタリアで四、五〇年代に活躍したメキシコの女優。

459 ★ 「**ポワン・デュ・ジュール**」は十六区セーヌ河岸にある同名の不動産を対象に住宅公庫を不正に利用したかどで設計主任フェルナン・プイヨン（一九一二―八六）が逮捕、告発された六一年の事件。「**本質的保証**」はやはり不動産を対象に七一年に起こった不当高額配当株式販売事件。首謀者ロベール・フランケル（一九三四―）が逮捕されるとともに、首相ジャック・シャバン＝デルマをはじめ、ド・ゴール派の複数の議員が関わったとされる汚職事件（*Chroniques de la France et des Français*, Larousse, 1987）。

460 ★ **クエヴァスとリファール**はいずれもバレエ振付師・団長。四三年のリファールの作品『白の組曲』に多少手が加えられて『黒と白』のタイトルのもとに「モンテ・カルロ」の演目にされていたが、五八年三月のパリ上演に際して、芸術上の見解の相違からクエヴァス公爵との間に紛争がもちあがり、決闘にまで発展した。リファールが腕に負傷。

461 ★ **ニュース映画** actualité は presse filmée とも呼ばれ、十九世紀末に映画とともに出現。フランスでは一九〇八年に最初の専門制作会社「パテ・ジュルナル」が、ついで「ゴーモン＝アクチュアリテ」、「エクレール＝ジュルナル」などが続々と誕生し、本編の映画の前座に、あるいは専用館で放映された。五〇年代まで存続するがテレビの出現とともに衰退。八〇年に完全に消滅した。

462 ★ **オデオン座**はヨーロッパ劇場オデオン座として現存。この劇場の周囲は現在でもギャラリーになっており、戦前にはここで古本屋が開業していた。『使用法』第五十三章（二八八頁）でマルグリットがガスパールへの贈り物の写真を見つけるのはこのアーケード下の古本屋でのこと。

463 ★ **バルザック**は八区バルザック通り一番地に一九三五年以来現存する映画館。**エルデール**は九区イタリアン大通り三四番地に一九三六年から八八年まであった映画館。**スカラ**は十区ストラスブール大通り一三番地に一八七四年に開業したミュージック・ホール、三六年以来映画館、七〇年代にポルノ専用館となり九九年に閉館。**ヴィヴィエンヌ**は二区ヴィヴィエンヌ通り四九番地に四一年以来あったマロット座の前身、八九年に閉館。五〇年から七〇年代にかけてこれら四つの映画館は同系列で、本文のように名を連ねて新聞などに広告を掲げている。

462　オデオン座

464 ★「ストッキングかがりの女」、「ストッキングかがり器」はいずれも五五年に辞書に初出。クノー（一九〇三—七六）の『地下鉄のザジ』（一九五九、第三章）にもこの職業への言及がある。現在でも百貨店の出入口には小物、新案特許製品などを売る出店が多い。

465 ★ **イマ・スマック**（一九二七—二〇〇八）はペルー出身のスペイン系歌手、「奇跡の四オクターヴ半」の音域を持つと言われた。主に米国で五〇年代に活躍、映画にも出演。フランスでは五七年九月に十一区のミュージック・ホール「アランブラ」で公演している。「アンデスの鶯」はあだ名。

466 ★**シュヴァイッツァー博士**（一八七五―一九六五）はアルザス出身の牧師、神学者、医者、音楽家。音楽と神学で国際的な名声を得ていたにもかかわらず、〇五年に医学を学びはじめ、のちアフリカのランバレネに病院を設立して医療に尽くした。五二年にノーベル平和賞受賞。従姉がサルトルの母。

467 ★**ルネ＝ルイ・ラフォルグ**（一九二八―六七）はバスク地方出身の作家、作曲家、俳優、歌手。「**赤毛のジュリー**」は五六年のヒット曲。これをもとに五八年にクロード・ボワソル（一九二〇―）監督が同じタイトルの映画を撮り、ラフォルグ自ら出演した。六二年キャバレー「道草」を五区ムフタール通りに開く。

468 ★パリのバス路線名は一八八九年馬車にとって代って以来、C、J、Iなどの文字で示されていたが、一九四五年のルネ・マイエール（一八九五―一九七二）による都市交通網の大変革に伴い、文字標記は廃止された。市中での八五年までの唯一の例外は「内まわり環状線 Petite Ceinture」略称PC。『**文体練習**』は作家クノーの四七年の作品（松島征他訳、水声社、二〇一二年）、その「主役」たるバスはS線、パンテオン広場（五区）とポルト・ド・シャンペレ（十七区）を結ぶもので、現在の八四番線にほぼ相当する。

469 ★**ブリジット・バルドー**（一九三四―）は女優、「**シドニーの愛人は一人じゃない**」はルイ・マル監督の六一年の映画『私生活』の主題歌「シドニー」。「**ハーレー・ダヴィッドソンに乗ったらだれも怖くない**」は八六年の歌「ハーレー・ダヴィッドソン」、いずれもセルジュ・ゲンスブール（一九二八―九一）作詞。「**夏の終わりに**」は六四年の歌、ジャン＝マクス・リヴィエール（一九三七―）作詞、ジェラール・ブルジョワ（一九三六―）作曲（Ch. Brunschwig, L.-J.Calvet, J.-C. Klein, *Cent ans de chanson française*, Seuil, 1981）。

470 ★ **ベティ・マクドナルド**（一九〇八―五八）は米国の通俗家庭読み物の作家。ワシントン大学卒業後官庁の秘書を務めるかたわら多くの著作を刊行。『**卵とわたし**』（龍口直太郎訳、晶文社、一九八八年）の仏語訳は四五年に刊行された。他にも『ピッグル・ウィッグル夫人』（四七年）など、多くの作品がある。

471 ★ いずれも五〇年代に全盛を迎えたアメリカの車種。「**デ・ソトー**」はクライスラー社が二八～六一年に生産、「**スチュードベーカー**」は同名の会社が六六年まで生産。「**ポンティアック**」はGM（General Motors）社が二六年から生産、「**オルズモビル**」は〇八年以来GMの前身に統合された会社名、「**シヴォレー**」もGMの車種、「**パッカード**」は一八九九年に創業した高級車の社名、後にスチュードベーカーと合併。「**V型の八シリンダー**」はクランク軸に対して四気筒ずつ二列にV型の鋭角に配列されたV型八気筒エンジンの略称、一五年にキャデラックが、三二年にフォード社が導入して以来他社も追随し、四〇年代末からエンジン性能の過激な競争が展開された。

472 ★ 『**トンプソン少佐の手帳**』はユーモア作家ピエール・ダニノス（一九一三―二〇〇五）の五四年のベストセラー。イギリス人の立場から仏英両国民の差異を述べるもの。「フランスおよびフランス人の発見」という副題を伴う。

473 ★ **ジョージ・ミケーシュ**（一九一二―八七）はハンガリー出身のイギリスの著述家で、『**外国人でいる方法**』はその四六年発表のベストセラー、イギリス人の外国人との関係をハンガリー移民の立場から描いたもの。『**スキーを滑りやすくする方法**』は四八年のアメリカ文明批評。

474 ★ 『**愛しのキャロリーヌ**』はリシャール・ポティエ（一九〇六―九四）監督の五一年の作品、マルティーヌ・キャロル主演の「キャロリーヌもの」の初作。大革命時に十四歳を迎えた貴族の乙女の物語。ジャック・サン＝ロラン（一九一九―二〇〇〇）の四七年以降の連作が原作。

475 ★「**修正面積**」とは法律用語で、不動産貸借の際などに基準となる面積。実際の面積に日照などの要素を考慮して算出するもので四八年の法令ならびに政令で規定された。アパルトマンを転々とした作家の後半生の思い出であろう。

476 ★「**国外亡命者**」とは第二次世界大戦に際して祖国、居住地を追われた人、国外亡命者、流民を指す。実質的には東プロシア、シレジアなど「第三帝国」領から強制移住させられたドイツ人。

477 ★パリの地下鉄造営は一九〇〇年に始まり、ポルト・ド・ヴァンセンヌ〜ポルト・マイヨ線を手始めにエトワール〜ドーフィーヌ線、エトワール〜トロカデロ線が開発された。〇三年、別の会社にモンマルトル〜モンパルナス線の創設が委託され、これが「南北線社」となるが、三〇年に「パリ地下鉄会社」に併合された。その後も「南北線」の車両は建造時の電圧の相異から一部の路線——十二、十三、十四番線——にのみ七二年まで使用された（交通博物館資料）。

478 ★一部の車両の内・外部の側壁などを飾る模様の四隅に見られるもの。本文の下は南北線の車両（477参照）の一人用座席の背面にとりつけられたほうろう板の模様。

479 ★一九五一年暮れ、アメリカの貨物船「**フライング・エンタープライズ号**」（六七一一トン）はイギリス南方沖合で、高波を受けて漂流。**船長**クルト・カールセン（一九一四―八九）は船員を脱出させるとともに、救援にかけつけた船と曳き綱を繋ぐことに努めたが、再度嵐に襲われ断念。「キャプテン・ラスト」の伝統に則って船長は沈没の寸前まで船に留まり、船を救うことに尽力、その勇気が讃えられた（Xavier Maniguet, *Naufrages*, Filipacchi, 1989）。なお船長を主題にしたイギリスの古くからの童謡「金色の虚栄号」の歌詞をもとにカールセン船長を讃える替歌「フライング・エンタープライズ号の船長」がラジオなどで事件の直後に流されたらしい。

索引

＊数字は項目番号に対応している。

あ行

アイゼンハワー Dwight David Eisenhower（一八九〇—一九六九） ***447***
アイヒマン Adolph Eichmann（一九〇六—六二） ***268***
「赤いバラ」la Rose rouge ***405***
「赤毛のジュリー」*Julie la Rousse* ***467***
アザン Bob Azzam（一九二五—二〇〇四） ***290***
「あそこの山のうえに」*Là-haut sur la montagne* ***427, 428***
遊び Jeux ***15, 266, 297, 314, 420, 421, 456***
アソンプシオン（通り）(rue de) l'Assomption ***118***
アトラス Atlas (Fernand Bachelard（一九二二—七六）) 通称巨人 ***390***
『あとは野となれ山となれ』*Après le déluge* ***182***
アニメ映画 Dessin animé ***251, 347, 354, 355, 376***
アボット Bud Abbott（一八九八—一九七四） ***300***
アメデ Philippe de Cherisey Amédée（一九二三—） ***21***
『アヤックの一味』*La Bande des Ayacks* ***350***
アリディ Johnny Hallyday（一九四三—） ***181***
「アール」*Arts* 週刊学芸誌 ***151***
アルジェ Alger ***36***
アルジェリア戦争 Guerre d'Algérie ***104, 167, 217, 243, 250, 283***
アルジャンリュー Georges Thierry d' Argenlieu（一八八九—一九六四）提督 ***100***

アルビノーニ Tomaso Albinoni（一六七一—一七五〇）***43***
アレ Emile Allais（一九一二—二〇一二）スキーヤー ***457***
アンドレア・ドリア号 *L'Andrea Doria* ***124***
アンナプルナ Annapurna ***387***
アンリ Henri（ぼくの従兄）***10, 22, 37***
『いかれぽんち』*Branquinol* ***454***
イセッタ Isetta ***367***
「一日だけの女王さま」*Reine d'un jour* ***340***
逸話 Anecdote ***275***
イデー Emile Idée（一九二〇—）***442***
従姉（ぼくの）Cousine ***31***
『愛しのキャロリーヌ』*Caroline chérie* ***474***
「愛しのロレーヌ」*Sweet Lorraine* ***6***
衣服 Vêtements ***4, 33, 46***
『異邦人』*L'Etranger* ***294***
「イリュストラシオン」*L'Illustration* ***16***
イルダ Irène Hilda（一九二〇—）***66***
インドシナ戦争 Guerre d'Indochine ***39, 380***
インド・パキスタン戦争 Guerre entre l'Inde et le Pakistan ***176***
ヴァイアン Roger Vailland（一九〇七—六五）***229***
ヴァカンス（の思い出）(souvenirs de)Vacances ***8, 136, 394***
ヴァクヴァ Wakouwa ***314***
ヴァルダ Agnès Varda（一九二八—）***122***
ヴァレリー Paul Valéry（一八七一—一九四六）***260***
ヴァンチュラ Ventura, Ray（一九〇八—七九）***80***
ヴィアン Boris Vian（一九二〇—五九）***225***
ヴィクトール Paul-Emile Victor（一九〇七—九五）探検家 ***406***
ヴィダル・サスーン Vidal Sasoon ロンドンの理髪師 ***398***
ヴィラール＝ド＝ランス Villard-de-Lans ***69, 81***
ウィラン Barney Willem（一九三七—九六）***235***
ウィリアムズ Esther Williams（一九二一—二〇一三）***145***

ヴィルモラン Louise de Vilmorin（一九〇二—六九） ***151***
「ウインドウのこの犬はおいくら」*Combien pour ce chien dans la vitrine* ***424***
『ウインナ・ワルツ』*Valses de Vienne* ***430***
ウヴィオン Houvion, Philippe（一九五七—） ***450***
ヴェルソワ Odile Versois（Militza Tania de Poliakov-Boidarov（一九三〇—八〇）） ***196***
ヴェル・ディヴ Vel d'Hiv ***168***
ヴォルテール Voltaire（François Marie Arouet（一六九四—一七七八）） ***54***
兎粘液腫 Myxomatose ***371***
『失われた大陸』*Continent perdu* ***372***
宇宙征服 Conquête de l'espace ***177***
ヴラディ Marina Vlady（Marina de Poliakov-Boidarov（一九三八—）） ***182, 196***
映画 Films ***30, 53, 55, 82, 98, 116, 120, 145, 182, 224, 225, 249, 291, 313, 326, 335, 363, 368, 372, 388, 436, 445, 446, 451, 474***
映画 Cinéma → 「俳優」、「映画」と「映画監督」を参照
映画館 Salles de Cinéma
　アヴニュ・ド・メシーヌのシネマテーク Cinémathèque de l'avenue de Messine ***34***
　アグリキュルトゥール Agriculteurs ***3***
　ヴィヴィエンヌ Vivienne ***463***
　エルデール Helder ***463***
　カルチエ・ラタン Quartier Latin ***61***
　ゴーモン＝パラス Gaumont-Palace ***72***
　シネラマ Cinérama ***103***
　スカラ Scala ***463***
　ステュディオ・ジャン・コクトー Studio Jean Cocteau ***178***
　ステュディオ・ユニヴェルセル Studio Universel ***251***
　セルティック Celtic ***178***
　ノクタンビュール Noctambules ***61***
　バルザック Balzac ***463***

パンテオン Panthéon **3**
ポルト・ド・サン＝クルー Porte de Saint-Cloud **1**
ミケランジュ＝オートゥイユ Michel-Ange Auteuil **129**
ロワイヤル＝パッシー Royal-Passy **30, 423**
映画監督 Réalisateurs de cinema **57, 89, 98, 122, 182, 215, 256, 284, 363, 403**
映画俳優 Acteurs de cinema **42, 53, 57, 86, 89, 98, 117, 128, 145, 152, 157, 161, 180, 188, 196, 197, 207, 212, 238, 249, 255, 257, 258, 284, 291, 300, 313, 317, 326, 327, 335, 363, 438, 439, 451, 455, 469**
英語 Anglais（langue） **19, 67**
「エカロー」*Ecaroh* **236**
「エクスプレス」*L'Express* **126, 336**
エコール・フレネ Ecole Freinet **363**
SFIO **189**
エッフェル塔 Tour Eiffel **246**
『エモンの四人の息子たち』*Les Quatre fils Aymon* **29**
『エリック皇子』*Le Prince Eric* **350**
「エリッソン」*Le Hérisson* **65**
エリントン Duke Ellington（Edward Kennedy（一八九九—一九七四）） **87**
エルグ Taina Elg（一九三〇—） **284**
エルメス Hermès **302**
演劇 Théâtre **31, 61, 107, 108, 229, 454**
エンドフィールド Cyril Endfield（一九一四—九五） **256**
オヴァネシアン Ter Ovanessian（一九三八—） **450**
（ぼくの）伯父（Mon）Oncle **2, 359**
オズワルド Lee Harvey Oswald（一九三九—六三） **265**
汚染 Pollution **277**
オペラ Opéra **301**
オペレッタ Opérette **66, 430**
オリオール Jacqueline Auriol（一九一七—二〇〇〇）飛行家 **173**
オリノコ＝アマゾン Orénoque-Amazone **387**
オレイエ Henri Oreiller（一九二五—六二） **457**

「おれたちゃ若者水兵さん」*C'est nous, les gars de la marine* ***140***

か行

「カイエ・デ・セゾン」*Les Cahiers des Saisons* ***396***
「カイエ・ド・ラ・プレイアッド」*Les Cahiers de la Pléiade* ***396***
絵画 Peinture ***118, 196, 220, 382***
『外国人でいる方法』*How to be an alien* ***473***
カイザー Dr. Adolf Kaiser レスラー ***269***
ガガーリン Youri Alexéievitch Gagarine（一九三四―六八） ***177***
火災 Incendies ***237***
カストロ Fidel Castro（一九二六―） ***148***
カストロ派 Castristes ***375***
「ガストン、電話が鳴ってるよ」*Gaston y'a le téléfon qui son* ***426***
学校（の思い出）souvenirs d'Ecole ***13, 19, 45, 67, 77, 93, 94, 96, 153*** →「寮」と「子供の習俗」も参照。
合州国 Etats-Unis ***172, 325, 385, 447***
カナスタ Canasta ***437***
「カナール・アンシェイネ」*Le Canard Enchaîné* ***336***
カピュ Louis Caput（一九二三―八五） ***192***
カフェ Cafés ***90, 200, 332, 448***
カブスカウト Louveteaux ***422***
カメレオン Le Caméléon ***379***
カヤット André Cayatte（一九〇九―八九） ***182***
ガラップ GARAP ***59***
ガラン（レストラン）Garin ***201***
カラン・ダッシュ Caran d'Ache (Emmanuel Poiré（一八五九―一九〇九）) ***288***
カランバール Carambar ***319***
『狩人の夜』*La Nuit du chasseur* ***451***
カルディナーレ Claudia Cardinale（一九三八―） ***161***
カレット Julien Carete（一八九七―一九六六） ***164***
カンティンフラス Cantinflas (Mario Moreno Reyes（一九一一―九三）) ***212***

ギトリー Sacha Guitry（一八八五―一九五七） ***56***
キニチェット Paul Quinichette（一九一六―八三） アメリカのジャズ奏者 ***252***
「きみが好きだよ、きみが大好きさ」*Chérie je t'aime, chérie je t'adore* ***290***
「きみ、ぼくの小さな狂気」*Toi ma p'tit'e folie* ***71***
キャバレー Cabarets ***289, 379, 404, 405*** →「ミュージック・ホール」も参照。
ギャバン Jean Gabin（Jean Alexis Moncorgé（一九〇四―七六）） ***117***
「キャラヴァン」*Caravan* ***87***
「キャリオカ」*Carioca* ***347***
キャロル Martine Carol（Maryse Mourer（一九二〇―六七）） ***57, 165***
キューカー George Cukor（一八九九―一九八三） アメリカの映画監督 ***284***
キューバ Cuba ***148, 299, 312, 375***
キュブニック Henri Kubnick（一九一二―九一） ***156***
キュプラー Ferdinand Kubler（一九一九―） ***227***
行列 Monôme ***409***
キーラー Christine Keeler（一九四二―） ***389***
ギリシア語 Grec ***407***
『近視のマグー』*Mister Maggoo* ***376***
『禁じられた遊び』*Les Jeux interdits* ***326***
クエヴァス Geroges de Piedrablanca de Guana, Marquis de Cuevas（一八八五―一九六一） ***171, 460***
クガート Xavier Cugat（一九〇〇―九〇） ***102***
クストー司令官 Commandant Jacques-Yves Cousteau（一九一〇―九七） ***403***
クテ James Couttet（一九二一―九七） スキーヤー ***457***
クデ・デュ・フォレスト Yves Coudé du Foresto（一八九七―一九八〇） ***97***
クライン Yves Klein（一九二八―六二） ***118***
クラヴチェンコ Victor Kravchenko（一九〇五―六六） ***85***
クラクション Klaxon ***377***
クラシック音楽 Musique classique ***24, 43, 120, 123, 139,***

154, 159, 166, 274, 361
グラック Julien Gracq（Louis Poirier（一九一〇—二〇〇七）） 262
グランツ Norman Granz（一九一八—二〇〇一） 169
クリスチアン・ジャック Christian Jaque（Christian Maudet（一九〇四—九四）） 57
クリュニー Geneviève Cluny（一九二八—） 188
クリュブ・サン＝ジェルマン Club Saint-Germain 4
車 Voitures 2, 60, 68, 271, 367, 377, 416, 418, 471
グレゴワール Grégoire（Roland Dubillard（一九二三—）） 21
グレミヨン Jean Grémillon（一九〇二—五九） 89
クロケット Davy Crockett（一七八六—一八三六） 434
クロステルマン Pierre Closterman（一九二一—二〇〇六） 323
クロスビー Bing Crosby（一九〇四—七七） 300
グロック Grock（Adrian Wettach（一八八〇—一九五九）） 232
軍隊 Armée 259, 281
ケイ Danny Kaye（一九一三—八七） 95
計算 Calcul 285
ゲイナー Mitzi Gaynor（一九三一—） 284
劇場 salles de Théâtre
オデオン座 Odéon 31
カルチエ・ラタン Quartier latin 61
国立民衆劇場 T.N.P. 122, 128
コメディー・フランセーズ Comédie Française 31
シャトレ劇場 Châtelet 430
ドゥー＝ザーヌ Deux-Anes 170
トロワ＝ボーデ Trois-Baudets 170
ノクタンビュール Noctambules 61
ボビノ座 Bobino 181
リュテース座 Lutèce 331
ケッヘル Ludwig von Koechel（一八〇〇—七七）オーストリアの音楽学者 361
ゲリス Jean Guélis（一九二四—九一） 272
ケール Reda Caire（Joseph Grandhour（一九〇八—六

三）） ***1***
現代文学 Littérature contemporaine ***84, 112, 142, 206, 262, 294***
ケンドール Kay Kendall（一九二七―五九） ***284***
コヴァク Kovacs ***104***
公共交通 Transports en commun ***51, 60, 111, 163, 185, 240, 358***
広告 Publicité ***56, 59, 62, 74, 78, 105, 121, 188, 218, 246, 296, 338, 346, 352, 357, 365, 384, 395, 414, 423, 432***
鉱石ラジオ Poste à galène ***47***
語源 Etymologie →「言葉」も参照
『子鹿物語』*Jody et le faon* ***348***
コシェ Henri Cochet（一九〇一―八七） テニス選手 ***101***
コステロ Costello（一九〇六―五九） ***300***
コッピ Fausto Coppi（一九一九―六〇） ***210***
コティ René Coty（一八八二―一九六二） ***119***
言葉 Langage ***28, 54, 150, 162, 191, 194, 216, 218, 246, 278, 288, 303, 304, 316, 429, 431***
言葉遊び Jeux de mots ***69, 88, 96, 97, 194, 207, 310, 311, 453*** →「言葉」も参照
子供新聞 Journaux d'enfant ***70, 279***
子供の習俗 Folklore enfantin ***88, 194, 218, 267, 293, 306, 307, 309, 310, 311, 360, 362, 366, 407, 428, 429, 441***
『この世に男のいるかぎり』*Tant qu'il aura des hommes* ***436***
『五発の銀の弾』*Les Cinq balles d'argent* ***30***
コパンズ Sim Copans（一九一二―二〇〇〇） ***190***
コール Darry Cowl（一九二五―二〇〇六） ***157***
ゴールドウォーター Barry Goldwater（一九〇九―九八） ***447***
ゴルフ・ドルオ Golf Drouot ***344***
コレット Sidonie-Gabrielle Colette（一八七三―一九五四） ***112***
ゴワシェル、クリスティーヌ Christine Goitschel（一九四四―） ***378***
ゴワシェル、マリエル Marielle Goitschel（一九四五―） ***378***

コンスタンタン Jean Constantin（一九二三―九七）歌手 ***341***
コンスタンティーヌ Eddie Constantine（一九一七―九三） ***49***
「コンタンポラン」*Contemporains* 文芸雑誌 ***396***
コンティキ号 Kon tiki ***131***

さ行

『ザイルのトップ』*Premier de Cordée* ***324***
サイン Autographe ***27***
サッカー Football ***233***
砂糖菓子 Confiserie ***319, 402***
ザトペック Emil Zatopek（一九二二―二〇〇〇） ***374***
ザピー・マックス Zappy Max（Max Yves Doucet（一九二一―）） ***373***
サビュ Sabu（一九二四―六三） ***238***
ザーフ Abd del Kader Zaaf（一九一七―八六） ***5***
『サボテンの花』*Fleur de Cactus* ***108***
サラクルー Armand Salacrou（一八九九―一九八九） ***31***
サラポ Théo Sarapo（一九三六―七〇） ***327***
サラン Raoul Salan（一八九九―一九八四）将軍 ***217***
サルヴァドール Henri Salvador（一九一七―二〇〇八） ***135***
サルトル Jean-Paul Sartre（一九〇五―八〇） ***215, 312, 329***
サン=グラニエ Saint-Granier (Jean Granier de Cassagnac（一八九〇―一九七六）） ***75, 195***
三司教領 Les Trois Evêchés ***13***
サンドラール Blaise Cendrars（Frédéric Sauser（一八八七―一九六一）） ***364***
サント=ローズ Lucien Sainte-Rose（一九五三―）陸上選手 ***450***
『三人の騎士』*Les Trois Caballeros* ***347***
「三ばか大将」Les Trois Stooges ***300***
『三匹の子豚』*Les Trois petits cochons* ***354***
三面記事 Fait-divers ***39, 137, 165, 199, 230, 248, 255, 298,***

325, 351, 369, 371, 375, 460, 479
詩 Poésie ***19, 200, 432*** →「言葉」、「言葉遊び」、「子供の習俗」、「シャンソン」なども参照
シガール La Cigale ***332***
「四季の泉」*La Fontaine des Quatre-Saisons* ***405***
「シクスティーン・トン」*Sixteen tons* ***425***
事故 Accidents ***123, 124, 187***
『シシー』*Sissi* ***445***
『七人の小人』*Sept nains* ***355***
ジッド André Gide（一八六九―一九六一） ***179, 222***
自転車競走 Cyclisme ***5, 27, 76, 127, 138, 158, 160, 168, 192, 210, 227, 381, 408, 442, 448***
自動車（競走）Automobiles (courses) ***58, 375*** →「車」も参照
『シドニーの愛人は一人じゃない』*Sidonie a plus d'un amant* ***469***
シトロエン Citroën ***2, 246, 298***
「シーニュ・ド・ピスト」*Signe de piste* ***350***
事物 Objets ***184, 359***
事物・人物の名 Noms des choses ou des gens ***353, 354, 355***
シャイヨ宮 Palais de Chaillot ***132, 260***
社交ゲーム Jeux de société ***18***
ジャジー Michel Jazy（一九三六―） ***450***
ジャズ Jazz ***4, 6, 41, 50, 87, 169, 187, 190, 223, 235, 236, 252, 258, 280, 301, 332, 343, 379, 404***
シャッシー＝プーレ Pierre-Arnaud de Chassis-Poulet（一九二一―） ***345***
シャトー・デー（スイス）Château d'Oex (Suisse) ***8***
ジャニー Alex Jany（一九二九―二〇〇一） ***213***
シャバン＝デルマ Jacques Chaban-Delmas（一九一五―二〇〇〇） ***205***
シャプ SHAPE ***253***
シャル Maurice Challe（一九〇五―七九）将軍 ***217***
シャロン Robert Charron（一九一八―九五）ボクサー ***269***
『ジャングル・ブック』*Le Livre de la jungle* ***209***
シャンソニエ Chansonniers ***44, 170***

シャンソン Chansons ***9, 71, 114, 140, 204, 290, 341, 342, 424, 425, 426, 427, 428, 440, 441, 467, 479***
「シャンソンの友」 *Les Compagnons de la Chanson* ***49***
『ジャンボ』 *Jumbo* ***347***
『朱色のブレスレット』 *Le Bracelet de vermeil* ***350***
シュヴァイツァー Albert Schweitzer（一八七五—一九六五） ***466***
シュヴァリエ Maurice Chevalier（一八八八—一九七二） ***282***
十三人制ラグビー Rugby à XIII ***198***
蒐集 Collections ***48, 322***
ジュオー Edmond Jouhaud（一九〇五—九五）将軍 ***217***
ジュコフ Gheorghi Konstantinovitch Joukov（一八九六—一九七四）ソ連の将軍 ***37***
シュトゥーカ Stuka ***242***
シュトラウス Johann Strauss（一八二五—九九） ***430***
シュナイダー Romy Schneider（一九三八—八二） ***445***
ジュノー Andoche Junot（Duc d'Abrantès（一七七一—一八一三））将軍 ***20***
小皇子 le Petit Prince レスリング選手 ***269***
食料 Allimentation ***14, 23, 92, 99, 113, 143, 144, 211, 244, 275, 319, 320, 322, 338, 402***
ジョスパン Mowgli Jospin（一九二四—二〇〇三） ***343***
ジョレス Jean Jaurès（一八五九—一九一四） ***276***
ジョンケ Robert Jonquet（一九二五—二〇〇八）サッカー選手 ***233***
ジルー Françoise Giroud（一九一六—二〇〇三） ***126, 401***
シルヴァー Horace Silver（一九二八—二〇一四）アメリカのジャズ・ピアニスト ***236***
白い天使 Ange blanc レスリング選手 ***269***
ジンバリスト・ジュニア Ephraïm Zimbalist junior（一九一八—） ***439***
新聞 Journaux ***16, 65, 91, 126, 130, 151, 208, 221, 304, 312, 328, 356, 417***

水泳 Natation ***213***
数学 Mathématiques ***285, 292, 330***
スキー Ski ***81, 227, 378, 452, 457***
『スキーを滑りやすくする方法』*How to scrape skies* ***473***
スキャンダル Scandales ***199, 205, 389, 459***
スクーター Scooter ***367***
スクービドゥー Scoubidou ***62***
スケルトン Red Skelton（一九一三—九七） ***145, 300***
スターリン Staline（Joseph Vissarionovitch Djougachvili（一八七九—一九五三））ソ連の政治家 ***382***
スタンダール Stendhal（Henri Beyle（一七八三—一八四二）） ***244***
スチュワート James Stewart（一九〇八—九七） ***258***
ストック Jean Stock（一九二三—）ボクサー ***269***
スピットファイア Spitfire ***242***
スプレックス Souplex（Raymond Guillermain（一九〇一—七二）） ***349***
スペルマン Cardinal Spellmann（一八八九—一九六七） ***385***
スポーツ Sports ***5, 27, 35, 39, 58, 65, 76, 81, 101, 127, 138, 149, 158, 160, 173, 192, 198, 210, 213, 227, 233, 374, 375, 378, 381, 408, 412, 442, 448, 450, 452, 457***
スポック（博士）Dr.Spock（一九〇三—九八） ***172***
スマック Yma Sumac（一九二七—二〇〇八） ***465***
スルザ Jane (Jeanne) Sourza（一九〇四—六九） ***349***
『聖衣』*La Tunique* ***224***
聖クレパン Saint Crépin ***273***
聖クレピニアン Saint Crépinien ***273***
政治 Politique ***11, 79, 85, 97, 104, 110, 119, 125, 148, 154, 172, 174, 175, 176, 189, 199, 205, 214, 217, 229, 239, 243, 250, 265, 299, 333, 382, 383, 391, 399, 411, 447***
世界大戦（第一次）Première Guerre mondiale ***6, 276***
世界大戦（第二次）Seconde Guerre mondiale ***14, 23, 25, 33, 37, 40, 100, 141, 143, 154, 242, 258, 268, 323, 476***
石膏で巻いた腕 Bras dans le plâtre ***393***
セネップ Sennep（Jean-Jacques Charles Pennès（一八九四—一九八二）） ***221***

セルダン Marcel Cerdan（一九一六—四九） ***35, 123***
ゼレール André Zeller（一八九八—一九七九）将軍 ***217***
前輪駆動車ギャング団 Gang des tractions avant ***298***
「千六百万人の若者たち」*Seize millions de jeunes* ***231***
俗語 Argot ***28***
ソグロー O.Soglow（一九〇〇—七五） ***417***
『底抜け艦隊』*La Polka des marins* ***291***
ソメール Raymond Sommer（一九〇六—五〇）自動車レーサー ***58***
ソワッソンの壷 Vase de Soissons ***366***
『そんなに馬鹿じゃない』*Pas si bête* ***313***

た行

対独協力 Collaboration ***141***
「ダイヤモンドのエナメル質」Email diamant ***357***
タウンゼンド Peter Wooldridge Townsend（一九一四—九五） ***386***
ダカン Louis Daquin（一九〇八—八〇） ***363***
タク＝タク Tac-tac ***7***
タジエフ Haroun Tazieff（一九一四—九八） ***406***
『ただひと夏の踊り』*Elle n'a dansé qu'un seul été* ***368***
ダッシン Jules Dassin（一九一一—二〇〇八） ***256***
煙草 Cigarettes ***22, 26, 48, 164***
「ターブル・ロンド」*La Table ronde* 文芸雑誌 ***396***
タベ Georges Tabet（一九〇五—八四） ***226***
『卵とわたし』*L'Œuf et moi* ***470***
タマール Tilda Thamar（一九一七—八九） ***458***
ダリガード André Darrigade（一九二九—）自転車レーサー ***158***
ダリゴー André Darrigaud →「コール」を参照
ダリダ Dalida（Yolande Gigliotti（一九三三—八七）） ***167***
ダンス Danse →「バレエ」を参照
「タン・モデルヌ」*Les Temps modernes* 文芸雑誌 ***401***
「小さな馬車」*La petite diligence* ***204***
チェスマン Caryl Chessman（一九二一—六〇） ***369***
地下鉄 Métro ***163, 185, 203, 240, 358, 477, 478***

蓄音機 Phonographe ***17***
チマローザ Domenico Cimarosa（一七四九—一八〇一） ***24***
チャペック Karel Capek（一八九〇—一九三八）チェコの作家 ***278***
チュニジア Tunisie ***161***
調査と探検 Expéditions et Explorations ***131, 387, 406***
チョコレート Chocolat ***23***
地理 Géographie ***36, 93, 96***
『沈黙の世界』*Le Monde du silence* ***403***
『月蒼くして』*The Moon is blue* ***53***
デイヴィス Gary Davis（一九二一—）世界市民 ***11***
ディステル Sacha Distel（一九三三—二〇〇四） ***50***
テイタム Arthur, dit Art Tatum（一九一〇—五六） ***6***
ディドロ Denis Diderot（一七一三—八四） ***77***
『出口なし』*Huis-clos* ***329***
デッサン画家 Dessinateurs ***223, 288, 417***
鉄道 Chemins de fer ***115***
テート Sharon Tate（一九四三—六九） ***255***
デトルモー Bernard Destremeau（一九一七—二〇〇二） ***101***
テニス Tennis ***101***
デパート Grands magasins ***78***
デマレ Sophie Desmarets（一九二二—二〇一二） ***108, 207***
デモ Manifestation ***155***
『デュギュデュ』*Dugudu* ***454***
デュクロ Jacques Duclos（一八九六—一九七六） ***214***
「デュラトン家族」*La Famille Duraton* ***433***
テレビ Télévision ***231***
天候 Météorologie ***77***
天才少年・少女 Enfants prodiges ***120, 197***
テンジン Tensing（一九一四—八六）シェルパ ***387***
テンプル Shirley Temple（一九二八—二〇一四） ***197, 317***
ドイツ語 Allemand (langue) ***19***
ドゥヴォス Raymond Devos（一九二二—二〇〇六） ***181***

韜晦 Mystifications ***179***
東方の三博士 Les Trois Rois Mages ***353***
読書 Lectures ***29, 83, 209, 348, 350***
読書クラブ Clubs de livre ***364***
ド・ゴール Charles de Gaulle（一八九〇―一九七〇）政治家 ***247, 259***
ド・ゴール Pierre de Gaulle（一八九七―一九五九）***247***
都市計画 Urbanisme ***52, 73***
ドートュイル Laurent Dauthuille（一九二四―七一）ボクサー ***35***
ドプのシャンプー Shampooing Dop ***63***
ドラッグ・ストア Drug-Store ***73, 237***
トランプ Jeux de cartes ***12, 437***
トランボ Dalton Trumbo（一九〇五―七六）***256***
トリーツ Treets ***395***
トリュフォー François Truffaut（一九三二―八四）***151***
ドルーエ Minou Drouet（一九四七―）***197***
トルヒーヨ・イ・モリーナ Trujillo y Molina（Rafael Leonidas（一八九一―一九六一）***287***
トレネ Charles Trenet（一九一三―二〇〇一）***207***
トロカデロ（広場）(place du) Trocadéro ***11, 132***
トロワ＝ボーデ Les Trois baudets ***170***
ドロン Alain Delon（一九三五―）***86***
『トンプソン少佐の手帳』*Les Carnet du Major Thompson* ***472***

な行

なぞなぞ Devinettes ***293, 307, 308, 310, 362***
「夏の終わりに」*La Fin de l'été* ***469***
名前の変化 Changements de noms ***32, 132, 147, 203***
鉛の兵隊 Soldats de plomb ***421***
『難航す』*Bourlinguer* ***364***
「なんでも博士」*Je sais tout* ***91***
ニコラ Roger Nicolas（一九一九―七七）***318***
日常生活 Vie quotidienne ***47, 51, 52, 60, 68, 99, 106, 133, 136, 160, 184, 185, 261, 271, 295, 365, 377, 392, 393, 402,***

417, 419, 435, 462, 464, 475
日本 Japon　***40***
ニュース映画 Actualités　***461***
『人魚たちの舞踏会』*Le Bal des Sirères*　***145***
『にんじん』*Poil de Carotte*　***249***
ヌヴー Ginette Neveu（一九〇九―四九）　***123***
ヌーヴェル・ヴァーグ Nouvelle Vague　***334, 335, 336***
「ヌーヴォー・カンディッド」*Le Nouveau Candide*　***328***
ヌー夫人 Madame Nhu（一九二四―二〇一一）　***380***
ノアン JeanNohain（Jean-Marie Legrand（一九〇〇―八一））　***340***
ノエル＝ノエル Noël-Noël（Lucien Noël（一八九七―一九八九））　***388***
『ノック・オン・ウッド』*Knock on wood*　***95***
のど自慢 Radio-crochet　***195***

は行

バオ・ダイ Bao Daï（一九一三―九七）　***380***
「馬鹿じゃねえんだぞ」*On n'est pas des imbéciles*　***441***
『墓に唾をかけろ』*J'irai cracher sur vos tombes*　***225***
パクラ Pacra　***397***
「バジル、どこへ行くの」*Où vas-tu Basile*　***204***
バス Autobus　***51, 111, 468***
バズーカ砲事件 Affaire du bazooka　***104***
『八十日間世界一周』*Le Tour du monde en 80 jours*　***212***
「八四」（キャトルヴァン・キャトル）文芸雑誌　***396***
バッソンピエール Charles Bassompierre（一九一一―八四）　***139***
パットン George Patton（一八八五―一九四五）アメリカの将軍　***37***
パデレフスキー Ignacy Jan Paderewski（一八六〇―一九四一）　***154***
パパ・ガロ・ティアン Thiam Papa Gallo（一九三〇―二〇〇一）陸上選手　***450***
「パパちゃん、……」*Petit Papa, c'est aujourd'hui ta fête*　***440***
『パパ、ママ、女中さんとぼく』*Papa, Maman, la*

Bonne et Moi ***82***
バビレ Jean Babilée（GUTMANN（一九二三―））バレエ・ダンサー、振り付け師 ***272***
ハーマン Woody Herman（一九一三―八七） ***280***
パリ Paris ***132, 147, 163, 410, 448, 462***
ハリス R. H. Harris（一九二〇―九二） ***381***
ハリソン Rex Harrison（一九〇八―九〇） ***284***
『ハリーの災難』*Mais qui a tué Harry ?* ***98***
『パリのジャン』*Jean de Paris* ***29***
パリ見本市 Foire de Paris ***247***
パルク・デ・プランス Parc des Princes ***27, 76***
バルドー（ブリジット）Brigitte Bardot（一九三四―） ***469***
バルドー（ミジャヌー）Mijanou Bardot（一九三九―） ***438***
バルベディエンヌの銅像 Bronze de Barbédienne ***329***
バレエ Ballets ***171, 272, 301***
「ハーレー・ダヴィッドソンに乗ったらだれも怖くない」*Je ne crains personne en Harley-Davidson* ***469***
『バンビ』*Bambi* ***347***
ピアフ Edith Piaf（Giovanna Gassion（一九一五―六三）） ***49, 123, 226, 327***
ビアフラ戦争 Guerre du Biafra ***175***
ピエラール Pierhal（?）（一九一三―二〇〇三）） ***390***
ピエール神父 Abbé Pierre（Henri Grovès（一九一二―二〇〇七）） ***370***
ピカソ Pablo Picasso（Pablo Ruiz y Picasso（一八八一―一九七三）） ***382***
ピカソの鳩 Colombe de Picasso ***382***
ピクマル Claude Piquemal（一九三九―） ***450***
髭テニス Tennis-barbe ***266***
飛行 Aviation ***173, 242, 323***
ビー玉 Billes ***297***
ヒッチコック Alfred Hitchcock（一八九九―一九八〇）アメリカの映画監督 ***98***
ビーティー Warren Beatty（一九三七―） ***152***
ピュイグ＝オーベール Puig-Aubert（通称ピペット（一九二五―九四））ラグビー選手 ***198***

ピュジャゾン Pujazon（一九一八―二〇〇〇） ***450***
ヒューストン John Huston（一九〇六―八七） ***215***
ビュッフェ Bernard Buffet（一九二八―九九） ***220***
ビュトール Michel Butor（一九二六―） ***84***
ピルス Jacques Pils（René Ducos（一九〇六―七〇））
66, 226
ピンボール Billards électriques ***15***
ファムション Ray Famechon（一九二四―七八） ***269***
『ファールビック』*Farrebique* ***446***
ファンジオ Juan Manuel Fangio（一九一一―九五）アルゼンチンの自動車レーサー ***375***
『ファンタジア』*Fantasia* ***347***
フィナリー事件 Affaire Finaly ***248***
フィリップ Gérard Philipe（一九二二―五九） ***89***
フェリックス Maria Félix（一九一四―二〇〇二） ***458***
フェルナンデル Frank Fernandel（Frank Contandin（一九三五―二〇一一）） ***455***
『フォスター大佐告白する』*Le Colonel Foster plaidera coupable* ***229***
フォッセー Brigitte Fossey（一九四六―） ***326***
フォール Renée Faure（一九一八―二〇〇五） ***57***
フォンテーヌ Just Fontaine（一九三三―） ***233***
フーキエール Baron André de Fouquières（一八七四―一九五九） ***83***
袋競走 Courses en sac ***394***
プージュリー Georges Poujouly（一九四〇―二〇〇〇）
326
プジョー Peugeot ***416***
プティ Roland Petit（一九二四―二〇一一）バレエ・ダンサー ***272***
プティット・スルス La Petite Source ***261***
『舞踏会の手帖』*Carnet de bal* ***249***
船 Navire ***124, 315***
ブノワ Pierre Benoit（一八八六―一九六二） ***206***
「フュラックス」*Furax* ***21, 345***
ブラウン Clifford Brown（一九三〇―五六） ***187***
プラスティック爆弾 Plasticages ***283***
プラターズ The Platters（トニー・ウィリアムズ、デ

イヴィット・リンチ、ポール・ロビ、ハーブ・リード、ゾラ・テイラー） *167*
フラック Flack *25*
ブラッドリー Omar Nelson Bradley（一八九三―一九八一）アメリカの将軍 *37*
ブラドフェール Luc Bradfer 漫画の主人公 *279*
フラフープ Houla-Hoop *443*
「フラミンゴ」*Flamingo* *41*
ブランビッリャ Pierre Brambilla（一九一九―一八四） *5*
ブランメル Valeri Brummell（一九四二―） *450*
ブリアリー Jean-Claude Brialy（一九三三―二〇〇七） *335*
ブリエ Bernard Blier（一九一六―八九）俳優 *363*
フリゾン＝ロッシュ Roger Frison-Roche（一九〇六―九九） *324*
ブリュショルリ Monique de La Bruchollerie（一九一五―七二）ピアニスト *274*
プール Piscine *321*
ブールヴィル Bourvil（André Raimbourg（一九一七―七〇）） *313*
フルシチョフ Nikita Sergheïevitch Khrouchtchev（一八九四―一九七一） *125*
ブルトニエール Jean Bretonnière（一九二四―二〇〇一） *71*
「プルン・プルン・トラ・ラ・ラ」*Ploum ploum tra la la* *9*
フレネー Pierre Fresnay（Pierre Laudenbach（一八九七―一九七六）） *207*
フレール・ジャック Les Frères Jacques *66, 134*
『フロイト』*Freud, Passions secrètes* *215*
「プロスペール・ユップ・ラ・ブン」*Prosper Youp la boum!* *114*
プロフューモ Jack Profumo（一九一五―二〇〇六） *389*
文芸雑誌 Revues littéraires *396* →「新聞」も参照
『文体練習』*Exercices de Style* *468*
ベシェ Sidney Bechet（一八九七―一九五九） *301*

ベチュニアの首切り人 Le Bourreau de Béthune (Jacques Ducrez) レスリング選手 ***269***
ペトラ Yvon Petra（一九一六—八四）テニス選手 ***101***
ベナール Marie Besnard 旧姓ダヴィヨー Devillaud（一八九六—一九八〇） ***351***
ベリー John Berry（一九一七—九九） ***256***
ベレック Bellec フレール・ジャックの兄弟二人とぼくの旧友の名 ***134, 183***
「ベンチで」*Sur le banc* ***349***
ベンツィ Roberto Benzi（一九三九—）オーケストラ指揮者 ***120***
ベンディックス William Bendix（一九〇六—六四） ***42***
ベン・バレク Ben Barek（一九一四—九二）サッカー選手 ***233***
宝飾品 Bijoux ***305***
ボクシング Boxe ***35, 65, 269***
「ぼくのスリッパどこいった?」*Où sont passées mes pantoufles* ***341***
「ぼくは殺さなかった、盗みもしなかった」*J'ai pas tué, j'ai pas volé* ***204***
ボスティック Earl Bostic（一九一三—六五） ***41***
『掘ったて小屋』*La Petite hutte* ***107***
ボニーノ Jorge Bonino（一九三五—九〇）アルゼンチンの役者 ***186***
ホープ Bob Hope（一九〇三—二〇〇三）アメリカの俳優 ***300***
ボベ Jean Bobet（一九三〇—）自転車レーサー ***138***
ボベ Louison Bobet (Louis Bobet（一九二五—八三）) 自転車レーサー ***27***
ポポフ Oleg Popov（一九三〇—）ロシアのピエロ ***232***
ポリアコフ Serge Poliakoff（一九〇六—六五） ***196***
ボロトラ Jean Borotra（一八九〇—一九九四）テニス選手 ***101***
ポワロ=デルペック Bertrand Poirot-Delpech（一九二九—二〇〇六） ***130***

ボンバール Alain Bombard（一九二四―二〇〇五）海洋探検家 ***241***

ま行

『まあ、みごとなお髭』*Ah, les belles bacchantes* ***454***
マウントバッテン Mountbatten (Philip, Duc d'Edimbourg（一九二一―）） ***32***
マクドナルド Betty McDonald（一九〇八―五八） ***470***
マクナマラ Maggie McNamara（一九二八―七八） ***53***
マクレーン Shirley McLaine（一九三四―） ***98, 152***
まじめな雌牛 La Vache sérieuse ***211***
マゾ・ド・ラ・ロッシュ Mazo de la Roche（一八八五―一九六一） ***348***
マッカーシズム McCarthysme ***256***
マックス→ザピー・マックスを参照
マッチ Allumettes ***48***
マーティン David Stone Martin（一九一三―九二） ***223***
マーティン Dean Martin（Dino Croseti（一九一七―九五）） ***291***
マーフィー Audie Murphy（一九二四―七一） ***257***
マルコヴィッチ事件 Affaire Markowitch ***270***
『マルコ・ポーロ』*Marco Polo* ***55***
マルコムX Malcolm X（一九二五―六五） ***239***
マルシュ Marche, Roger（一九二四―一九九七）サッカー選手 ***233***
マルタン Maryse Martin（一九〇六―八四） ***66***
漫画家 Caricaturistes ***221***
ミケーシュ George Mikes（一九一二―八七） ***473***
『水の話』*Histoire d'eau* ***335***
『道草』*L'Ecole buissonnière* ***363***
ミッチャム Robert Mitchum（一九一七―九七） ***451***
ミッテルベルク Tim Mittelberg (Louis Mittelberg（一九一九―二〇〇二）) 漫画家 ***221***
ミュージック・ホール Music-Hall ***1, 38, 49, 66, 71, 72, 80, 102, 157, 167, 181, 186, 226, 228, 232, 282, 289, 290, 313, 318, 332, 341, 342, 397, 458, 467***
ミラー Glenn Miller（一九〇〇―四四） ***258***

六日間競走 Six-Jours *168*
ムジカ Jésus Moujica（一九二六—五〇） *5*
ムショット司令官 René Commandant Mouchotte（一九一四—四三） *323*
ムスタッシュ Moustache（François Galepidès（一九二九—八七）） *342*
ムルソー Antoine (?) Meursault *294*
「ムーン・ライト・セレナーデ」 *Moonlight Serenade* *258*
「メカノ」 Meccano *420*
メトラル Armand Mestral（一九一七—二〇〇〇） *66*
『メリリー・ウイ・リヴ』 *Merrily we live* *116*
「メルキュール・ド・フランス」 *Le Mercure de France* *396*
メルダ Méda Merda（Charles-André（一七七〇—一八二二）） 憲兵・騎兵隊長 *193*
『もの静かな男』 *Le Père Tranquille* *388*
「モノポリ」 Monopoly *18*
モーリアック François Mauriac（一八八五—一九七〇） *179*
モルフェ Jean-Pierre Morphé（生没年不詳） *339*
モレノ Dario Moreno（一九二一—六八） *228*
モロー Jeanne Moreau（一九二八—） *128*
モン=サン=バルール Mons-en-Barœul（ノール県） *84*
紋章 Héraldique *216*
「モンド」 *Le Monde* *130*
モンパルナス駅 Gare Montparnasse *410*

や行

ヤング Lester Young（一九〇九—五九） *4, 252*
ヤンヌ Jean Yanne（一九三三—二〇〇三） *449*
『ユッソン夫人のバラの木』 *Le Rosier de Madame Husson* *313*
「ユーロペアン」 *L'Européen* *397*
ヨーヨー Yo-yo *444*
『夜は魔法使い』 *La Nuit est une sorcière* *301*
「四千万人のフランス人」 *Quarante millions de Français*

340

ら行

ラヴェル Maurice Ravel（一八七五—一九三七） ***159***
ラジオ放送 Emission de radio ***9, 21, 44, 63, 75, 139, 156, 190, 195, 263, 339, 340, 345, 349, 373, 412, 433, 449***
ラスパ Raspa ***264***
「ラダール」*Radar* ***356***
ラッソ Gloria Lasso（一九二八—二〇〇五） ***458***
ラテン語 Latin ***45, 407***
ラニエル Joseph Laniel（一八八九—一九七五） ***337***
ラフォルグ René-Louis Lafforgue（一九二八—六七） ***467***
ラペビー Guy Lapébie（一九一六—二〇一〇） ***442***
ラマディエ Paul Ramadier（一八八八—一九六一）政治家 ***110***
ラムーア Dorothy Lamour（一九一四—九六） ***300***
ラルミナ Edgard de Larminat（一八九五—一九六二）将軍 ***37***
ランカスター Burt Lancaster（一九一三—九四） ***180***
ラングル Langres（Haute-Marne） ***77***
ランズマン Claude Lanzmann（一九二五—） ***401***
乱痴気パーティー Ballets roses ***199***
陸上競技 Athlétisme ***39, 374, 450***
リグロ Charles Rigoulot（一九〇三—六二）重量挙げ選手 ***149***
リセ・クロード・ベルナール Lycée Claude Bernard ***262, 360***
リッジウェイ Matthew Bunher Ridgway（一八九五—一九九三）アメリカの将軍 ***79***
リネン Robert Lynen（一九二一—一九四〇） ***249***
リパッティ Dinu Lipatti（一九一七—五〇） ***166***
リファール Serge Lifar（一九〇五—八六） ***460***
略号 Abréviations et acronymes ***189, 253, 361, 431***
流行（主として服飾の）Mode（principalement vestimentaire） ***46, 109, 202, 234, 286, 302, 434***
流行の遊び Jeux à la mode ***7, 62, 443, 444***
リュテール Claude Luter（一九二三—二〇〇六） ***404***

リュルサ Jean Lurçat（一八八二―一九六六） ***200***
寮 Internat ***25, 64, 134, 146, 183, 292, 321, 400, 415, 419***
料理 Cuisine ***92***
リルヴァ Al Lirvat（一九一六―二〇〇七） ***332***
リン＝チン＝チン Rin-Tin-Tin（一九一六―三二） ***197***
ルイス Jerry Lewis (Joseph Levitch（一九二六―）) ***291***
ルグラン Michel Legrand（一九三二―） ***38***
ル・トロッケ André Le Troquer（一八八四―一九六三） ***199***
ルビローサ Porfirio Rubirosa（一九〇九―六五） ***287***
ル・プティ＝クラマールのテロ Attentat du Petit-Clamart ***250***
ルムンバ Patrice Lumumba（一九二五―六一） ***391***
レヴィ Raoul Lévy（一九二二―六六） ***55***
レーヴィット Al Levitt（一九三二―九四） ***379***
歴史 Histoire ***13, 20, 153, 193, 262, 275, 366***
レコード Disques ***17, 24, 87, 135, 223, 263, 392***
レストラン Restaurants ***201, 261***
レスリング Catch ***149, 269***
「レットル・フランセーズ」 *Les Lettres francaises* ***208***
『レ・トロワ・デスペラドス』 *Les Trois Desperados* ***30***
レピーヌ・コンクール Concours Lépine ***245***
レ・プティット＝ダル Les Petites-Dalles ***12***
『連隊のマスコット』 *La Mascotte du régiment* ***317***
六八年五月 Mai 68 ***174***
ロージー Joseph Losey（一九〇九―八四） ***256***
ロスコ le Président Rosko (Michael Pasternak（一九四二―）) ***263***
ロックンロール Rock and Roll ***135***
ロートン Charles Laughton（一八九九―一九六二） ***451***
ロビック Jean Robic（一九二一―八〇） ***448***
ロブ＝グリエ Alain Robbe-Grillet（一九二二―二〇〇八） ***142***
ロベスピエール Maximilien Marie Isidore de Robespierre（一七五八―九四） ***193***
ロボット Robot ***278***

ロモリ Jack Romoli　*283*
ロリアンテ Club des Lorientais　*404*
ロンコーニ Ronconi（一九一八―）イタリアの自転車レーサー　*5*

わ行

『わが友フリッカ』*Mon amie Flicka*　*348*
綿菓子 Barbe à papa　*295*
ワルコヴィアック Roger Walkowiak（一九二七―）　*127*
ワンダー Wonder　*346*

著者の要望にしたがって、編集者はこの作品の末尾に空白の数ページを用意したが、本書を読まれた読者は、それが引き金となって——とわたしどもは願っているのだが——読者の「ぼくは、わたしは思い出す」をそこに記していただきたい。

訳者あとがき

本書はGeorges Perec, *Je me souviens*（Hachette, 1978）で喚起されている四百八十項目の思い出の翻訳ならびに、それらの項目に訳者が加えた注釈からなる。

まずは、一風かわった、あるいはおおよそ見慣れない本書のテクスト、すなわち本文の成立から振り返って見ることにしよう。

どこでも構わない、この本のページを繰ったとたんに読者が気づくのは、通し番号に並んで、いずれもが「ぼくは思い出す」で始まる短文、それも多くが二、三行、しばしば一行で埋めつくされている事実であろう。すなわちこの作品は、作者の思い出のおおよそ四百八十回にわたる「枚挙」からなるもので、それらは現代パリを中心とする事象を巡って、呪文の連禱のごとくに、あるいは緩い形式の連歌のごとくに反復されてゆく。

類例がないように思われるこのような内容および形式はどこからきたものなのか、なにに由来するのか。ペレックにおいてはしばしばそうであるように、答えは初めから用意されている。すなわち本書は作家が所属するサークル「潜在文学工房」すなわち「ウリポ」でも最も親しい盟友となったニューヨーク出身のアメリカ人作家ハリー・マシューズ（一九三〇―）がペレックに初版の出版早々、すなわち一九七〇年に紹介したアメリカ人ジョー・ブレイナード（一九四二―一九九四）の作品『ぼくは覚えている *I Remember*』に「想を得た」――すなわち、かのウリポ特有の概念によればブレイナードが先取りにより剽窃した――ものである。このアメリカ人美術家はそこでもっぱら五〇年代の人物・事物に関わる個人的思い出を積み重ねる。ペレックの試みは、この様式、言語、舞台をフランスに移したものに他ならず、表題と冒頭句も Je me souviens に置き換えられる。

eをたえて用いることのない文字落としの作品『煙滅 *La Disparition*』（一九六九）の場合と同じく、『ぼくは思い出す』も当初はサロンでのゲームのようなものとして始められた。すなわち作家がしばしば週末と休暇を過ごしていたノルマンディーの芸術家村ル・ムーラン・ダンデで、いくつかの制約を加えた思い出の喚起を同宿者たちに促すとともに、自らもそのような修練、習作に親しみ、概念の精錬、純化に励んだのである。書物として刊行された段階でも、巻末に読者が参加できるような配慮がなされているのは、当初のこのような試みを反映していると言えるだろう。
ところで、すでにこの時点で、ペレックの『思い出す』はブレイナードの『覚えている』と大きく異なり始めている。そもそも他者が関わるゲームという形式はすでに一定の社会性を前提とするものだが、他方の元祖ブレイナード版はおおよそ私的な思い出、とりわけ同性愛者としての性的なものに集中する。ペレック版はさらに次第に「忘れられた、どうでもいい、凡庸な思い出」、それも戦後から六〇年代初めまでの十五年ほどの事象に集中するものへと変容してゆく。そのような事態はタイトルの訳題にも如実に表れることになったが、これについては後に触れる。

さて、そのように胚胎された思い出の概念が、どのようにして、どのような経緯を辿って四百八十の『ぼくは思い出す』に結実することになったのか。ここで当時、すなわち一九七〇年のペレックの作品産出状況を簡単におさらいしておくべきだろう。そしてそれには六九年七月に作家が庇護者たる批評家・編集者に書き送った構想報告ほどに有効なものがあるだろうか。その「モーリス・ナドーへの手紙」(『道筋』所収)のなかでペレックが強調しているのは「膨大な自伝的総体」と自ら名づけたもので、いずれも作家の過去と密接な関わりのある四つの作品からなる。すなわち『家系図』、『ぼくが眠ったことのある場所』、『W』、『場所』であり、最後のものが前の三つを内包するという。

『家系図』とは伯母からの聞き書きをもとに主に父方の係累を辿る家族物語、『ぼくが眠ったことのある場所』は文字通り、かつて一夜を過ごしたことのあるあらゆる寝室の形状を復元する試み、『W』は十三歳のころのある思い出をもとにスポーツ選手の共同体を詳述する物語、そして『場所 *Lieux*』とは作家が執着するパリ市内の十二の箇所の現況描写と思い出を十二年間蓄えた末に特定の組み合わせ配列のもとに呈示するというものだ。

このうち『場所』の執筆はすでに六九年一月に開始されており、また『W』も早速同じ年の十月にナドーの雑誌に連載され始めた。手紙に記された構想の他のものは比較的短時間のうちに断念されたものの、初めの二つを含めて、全てが作家自身の過去に関わるもの、すなわち自伝的なものであり、それゆえ思い出が本質的な役割を果たしていることをまず確認しておこう。つまり批評家・編集者への手紙はペレックのいわば自伝作家宣言なのであり、ブレイナードの探索は、ちょうどペレックが大いなる考究をめぐらし始めた事象である思い出、記憶をめぐる試みの一端に連なりにやってきたのである。ではこの「自伝的総体」はその後どのように展開することになったのか、そして『思い出す』はそれらとどう関わるのか。これらの作品をいち早く取り上げ、手稿を参照しつつ精緻な分析を行った自伝研究家フィリップ・ルジュンヌの『記憶と迂回』を参考に、要点を辿り直しておこう。

まず『W』、雑誌での連載形式によるW村の現況描写がひたすら重ねられた。だがすぐに行き詰まり、読者へのお詫びとともに連載は中断、さらに中止される。曲折を経たのち、単行本のかたちで右の描写と子供のころの思い出とを併置する、あるいは交互に入れ替える工夫がなされる。さらに最後には中央に空白のページを設け、思い出と虚構の双方を二つに分断し、その沈黙の部分によって作者がこの作品に込めた意図の全体を読者に推測させるという着想が採り入れられた。『Wあるいは子供の頃の思い出』は「総体」のなかでも完成にこぎ着けた唯一のものであり、邦訳も刊行されているのだから、これ以上の詳細は不要であろう。

『場所』の方はパリ市中の十二の箇所の月一回の現況描写と思い出の記述を要求するものだ。後に見るようにこの構想は『思い出す』との関連が濃厚である以上、十二の箇所の詳細をここで確認しておくことにしよう。いずれも作家本人の経歴あるいは友人づきあいに関わる場所で、『記憶と迂回』では以下のように作家の生涯の時系列順に並べ直されている。

一、ヴィラン通り、二、アソンプシオン通り、三、フランクラン＝ルーズヴェルト、四、アヴニュ・ジュノー、五、ゲテ通り、六、プラース・ディタリー、七、コントレスカルプ広場、八、サン＝トノレ通り、九、マビヨン交差点、十、ジュッシュー広場、十一、ショワズール小路、十二、サン＝ルイ島。

これら十二の箇所の月ごとの思い出と描写が、自らも閲覧できないように封入され、こうして集積された二百八十八（12×12×2＝288）のテクストが十二年後に初めて開封され、数学的組み合わせ配列に則って呈示されることが計画された。場所とエクリチュールと思い出の熟成が同時に見られることになる、自ら「タイムカプセル」と名づけた構想だ。しかし科学研究室での事務職と頻繁な外国旅行、そしてなによりも映画『眠る男』の撮影で次第に執筆が困難となってゆき、七五年九月には決定的に断念された。それでも計画は五年半、全体のおおよそ半分程度にまで進行し、かなりのテクストが蓄積されていた。描写の部分のいくつかは、たとえば「ヴィラン通り」(『道筋』所収)のように公表されたが、思い出の部分は基本的に未公開に止まっている。一部は『W』の子供のころの思い出に見られるが、そもそも四一年の疎開時には作者は五歳であり、しかも終戦とともに物語は終焉するのだから、『場所』が『W』と共有する思い出はわずかでしかない。

しかし、そもそも『場所』での思い出とはどのようなものなのか。ルジュンヌによれば、内容はかなりまちまちであるらしい。しかし全般にいずれかの思い出を核に、物語の萌芽のようなものが認められると同時に、二つの連を解説する部分、ルジュンヌが「メタ言説」と呼ぶ部分がときに姿を見せる。だがいずれにせよ、この作品での回想の反復的修練が『思い出す』のテクスト生成に重なり、ときにそのまま利用されたであろうことは想像に難くない。パリ通の読者なら、項目のいくつかを右の十二の箇所と直ちに結びつけることができるだろう。

『場所』も『W』も執筆の開始は六九年、しかし後者の七五年四月の刊行の数カ月後に、前者が決定的に断念される。ところで、ベロスによれば、『人生 使用法』も七〇年に着想されたのであり、七八年十一月には上梓に至る。作家のこの代表作は、よく知られているように、複数のアルゴリズムを同時に援用するものであり、その意味では、これまた『場所』の延長上に位置する。すなわち、七〇年代というのは、ペレックにとって極めて多産な十年だったのであり、その間、すでに見たように、いずれもが自伝的要素を中心に据えつつも、多くの構想が互いに干渉しつつ、あるいはたち消え、あるいは思わぬ展開を示し、おおよそ異なった外観のもとに作品として構想されるに至った。『思い出す』は、『使用法』と同じ年に出版されたのであり、この十年のあらゆる試みの間隙を縫うようなかたちで、いわばそれらを反映しながら成立した。

しかしあの「総体」も含めて、ペレックの自伝に繋がる最も組織的かつ長期にわたる思い出を読者に提供することになったのは、結局のところこの『思い出す』であることを見落としてはなるまい。『物の時代』に始まり、『小さなバイク』あるいは『眠る男』を経て『煙滅』にいたるまで、ペレックの虚構のほとんどは確かに大いに自伝的ではあるけれども、しかしどこまでが個人史に所属するものなのか、その分限を確定するのは難しい。『W』に含まれた思い出も、すでに見たように終戦に際してのパリ帰還までであり、まとまった回想は疎開先のものに限られる。六〇年代までの、卑近なものという制限が加わるとはいえ、『場所』が立ち消えとなった今、作家の長じてからの生を跡づけるような記憶の集積は他にないという意味で、『思い出す』は決定的な意味を帯びる。

だがこの時期の自伝の他のすべての試みに反して、『思い出す』では項目が単独で、つまり解説なしに羅列されている。どうしてなのか。そのような作品概念に考えを巡らすまえに『思い出す』の成立の経緯を見ておく必要があるだろう。つまりこの回想への沈潜はどのような具体的執筆過程を辿って作品化されたのか。

再びルジュンヌによれば、『思い出す』の草稿は作家におなじみの商業用の大型帳簿に七三年一月二十一日から書き始められ、六月までに最初の一五五項目――「アントレ entrée」と呼ばれる――にまで至っている。しばしの小休止を挟んで、七四年十一月から翌年一月までに二度目の燃焼期間を経て一八六から二七〇へと進む。同年三月から九月に少量加えられた後大きな停滞があり、その間七六年一月に「カイエ・デュ・シュマン」誌に最初の百六十三項目が末尾に「続く」を伴って公表された。この時点で三一五まで進展。七七年、本にする決意がなされ、五月には三二〇までが記され、六月に完成。つまり最後の百六十項目は一カ月半で一気に書かれたことになる。

ことの性質上、外出先で記されたメモが主体で、初めのうちはそれが帳簿に書き写されていたが、徐々にメモがそのまま貼りつけられるようになる。しかしこの「草稿」の大きな特徴は、当初から、本になったものと大きな相違がなかったことらしい。すなわち、終始一貫「完成稿」が帳簿に書き写され、語句、言い回しなどのごく僅かな「化粧」が施されたのち公表されるに至ったという。すでに見たように、進行のリズムはごく不規則で、一日の「収穫」はときに一項目だけ、ときに十二とまちまち、平均して四、五項目、むしろ皆無の日が大半を占めるらしい。

重要な事実のいくつかをここで確認しておこう。まず、項目の配列については、作者の企みはまるで介在しないらしいこと、と言うことはつまり作者の思い出したままの順番で全体が並んでいるらしいことである。とすれば、思い出に潜むキーワードの語形、音、主題などが連想のきっかけとなり、類似した、あるいは関連した項目が連続して喚起されている可能性が大きい。現に*157*のダリー・コールと、*158*のダリガードは作者も音の近似による連鎖を意識している例だし、また*313*では同一人物をめぐる思い出が三つ反復される。さらに*334*、*335*、*336*は同じヌーヴェル・ヴァーグを主題とする異文とも考えられるのであり、これらは内容不在の最後のものを含めて、全体の項目数が精確に四百八十とは断言しにくい理由ともなっている。

もうひとつは、これら思い出の一つひとつが浮かんでくる、あるいはむしろそれらを「捉える」様態についての、他ならない思い出す主体による証言。記憶全般をめぐる自らの仕事についての友人との対談で、『思い出す』についてペレックはこう振り返る。

「思い出のひとつが浮かんでくるのに、全般に十五分から四十五分にわたる浮遊状態、完全に茫漠とした探索がある〔……〕なにか瞑想の次元に関わるようなもの、虚無をつくり出す意図のようなものがあるように思える……そしてその思い出を引き出す瞬間、永遠にそいつが位置していた場所からそいつをひっ剥がしているという印象が本当にするんだ」（「記憶の仕事」、『道筋』所収、強調は訳者による）。

つまり作者は断じて「思い出して」いるのであり、「覚えている」のではない。

さて、このようにして成立した四百八十の思い出の羅列の意味合いを探るまえに、作品成立の「事後」に起こった二つの事象を挙げておくことにしよう。ひとつは俳優サミー・フレー（一九三七―）によるこの『思い出す』の単独朗誦公演。八八年のアヴィニョン演劇祭以来の一連のものに加えて、〇三年にもパリ、マドレーヌ座で再演された。闇の中に浮かび上がる自転車に跨がった黒ずくめのシルエットが唱える、あるいはむしろ呟く連禱に似た回想は人気を博すとともに、おそらく書物によるものにも増してペレックのこの自伝作品の流布に貢献した。年齢も出自――ポーランド系ユダヤ人、両親ともにナチス収容所で死去――も作家に酷似するがゆえの名演技と言うべきなのか。作家自身が舞台に蘇ったとの錯覚に襲われた聴衆も多かったに違いない。

もうひとつは、作家を、あるいは『思い出す』を偲んだ多くの試み。よく知られているのはもちろん、作家没後のウリポの成員たちによる、原作の形式を踏襲した追悼集。個別のものとしては、他ならぬマシューズによる短くも濃密だった交友をふり返る『ル・ベルジェ』（一九八六）などがある。現今では原作をもじった『わたしは憶えていない』、『わたしは忘れてしまった』まで登場しているが、ペレック版あるいはブレイナード版の原作に及ぶものではない。こうして『ぼくは思い出す』は現今では新しい文学ジャンル、ひいては一種の定式化された言い回しとして定着しつつある。当初は破格のものとして話題になった『人生使用法』というタイトルが、今やたとえば「メトロ使用法」に見られるように、パリ中の地下鉄駅に地図とともに掲示されているのと同様に。

＊

さてそれでは、この思い出のユニークな集積をどのように読み解いてゆけばいいのか。

まず、全体になにが思い出されているのか。

だれしもが驚かされるのは、映画に始まり、演劇、音楽にいたるあらゆるスペクタクルへの言及の頻度であろう。俳優、歌手、音楽家はもとより監督、映画館、劇場などを加えるなら、芸術あるいはむしろ芸能関係の項目が全体の過半数を占める。『W』の終幕から『物の時代』に至るまで、『眠る男』に描かれている時代を暮らした青年は、眠るどころか、目と耳のみならず五感を全開にしてあらゆる技芸の披露に立ち会っている。一方、その思い出を集積する七〇年代の作家は、まさに自作を映画化しつつあり、ラジオドラマを含むいくつかの劇作と作曲の経験さえあり、画集の解説・序文を手がけ、ジャズの批評を雑誌に発表する。すなわちこれは大いなる作家修行の時代を反映する回想でもある。

スキー、テニス、自転車レース、カーレース、サッカー、ラグビー、ボクシング、レスリング、陸上競技など、スポーツへの言及も多数を占めるが、これらは自ら実践したのではなく、見聞きした思い出であり、それゆえしばしば見世物の様相を呈する。重要な媒体であったラジオあるいは新聞・雑誌を通して報道される、これまた一種のスペクタクルだったからだろう。しかし、『W』と平行して書きとめられたこの回想で、「スポーツ」をわれわれは無心、いや無邪気に読むことができるだろうか。そもそも十三歳のころに学校ノートに書きなぐられた「凄まじい顔つきのスポーツ選手のデッサン」（『W』、二一七頁、ベロス、一〇八頁）こそが「W」の原点ではなかったか。このような観点からすれば、いくつかの項目はたちまち悲劇的な性質を帯びはじめる。盗みを働いて前線に送られる陸上競技選手、事故死するカーレーサー、ボクサー。なかでも決定的なのは自転車競技、それもヴェル・ディヴでの「六日間競走」であろう。ナチスによるユダヤ人一斉検挙で逮捕された親族、とりわけ母がこの競輪場に数日間勾留された末に収容所に強制送還された。だが原テクストには、いかなる補足も見当たらない。

地下鉄も無機的なものに止まってはいない。というのも『W』の最後の思い出は次のようなものなのだから。

「その後、ぼくは伯母と一緒に強制収容所の展示会を見に行った。それはラ＝モット＝ピケ＝グルネルの近くで催されていた（この同じ日に、ぼくは地下ではなく中空に地下鉄が存在するのを発見した）。ガスにやられた者たちの爪が引っ掻いた窯の壁を見せる写真〔……〕というのを憶えている」（二一一頁）

少年ジョルジュにとって、いわば地下が地上に姿を見せた日。地下鉄は地下室に、焼却炉に直結する。ティエラ・デル・フエゴでのヨットの遭難と、少年の母親が爪で引っ掻いたとおぼしい船室の扉にも。

連想は連想を呼ぶ。そもそもペレックの作品自体、あるいはペレックが繰り返して言及する作品の多くが難船、船に関わる悲劇、親子の離別と家族の離散を主題としてはいないか。右に見たように、『W』の虚構の部分はヨット、シルヴァンドル号の遭難によって二分されることになり、後半部の「ビューロー・ヴェリタス」（字義どおりには「真理監査局」とも読まれうる）という名の、意味ありげな救援組織の登板に引き継がれる。メルヴィルの『白鯨』は子を失ったエイハブの復讐の、他方ヴェルヌの『グラント船長の子供たち』は逆に妻子による行方不明の船長探しの物語だし、ルーセルの『アフリカの印象』は、これまた難船がきっかけとなってアフリカで展開される物語である。ヨーロッパ人のアメリカへの移民を主題とするペレック自身の後年の『エリス島物語』も、家族の一部が入国を拒否され、しばしば悲劇の源泉となった「涙の島」の物語であり、ペレックはこの行程を体験するために、わざわざ貨物船で大西洋を横断しさえした。こうして見ると、本書が実質的にフライング・エンタープライズ号の遭難と勇敢な船長を讃える項目で終っているのも意図的なものと考えざるをえない。ともかくも、『思い出す』の、解説をまったく排除した項目の連なりは、『W』の空白のページと、その中央にある中断符が果たすのと同じ効果を読者に対して生み出している。

＊

「ぼくには子供の頃の思い出がない」（『W』、一五頁）。ペレックの記憶は線的に連続するものではない。とりわけ幼年期の、収容所に消えた母をめぐる出来事はトラウマ以外のなにものでもなく、『W』での少年期の記憶の復元は大いなる苦痛を伴うもの、精神分析医の助けなしには執筆さえままならないものだった。これにはまた、ベロスが記しているような、疎開地ヴェルコールでのもうひとつの幼児体験、すなわちその地に潜んでいるユダヤ人一団の身元の露見を恐れた、「過去の思い出のすべてを捨て去れ」との親族からの厳命も作用している。長じて作家になったペレックが、ある時期の飲食物すべてを記録したり、また本書のように思い出を列挙したりするのは、そのような体験の「裏返し」とも受け取ることができる。ともかくも、このような記憶の線的な流れの阻害は、古典的な自伝の創出を妨げる。ルジュンヌの分析にも見たように、ペレックの自伝はすべて従来には見られなかった展開を示す。すなわち幻想、夢、日常生活、場所、系図の探索、思い出の目録づくりが、「ぼくは一九三六年三月七日に生まれた」で始まる時系列順の個人史の物語に取って代わっているのだ。

これはまた統辞軸の不断の発展に応じて筋が続々と展開してゆく、いわゆる冒険物語、叙事的語りよりも、範列軸が異常に肥大してゆく閉じられた、円環状の世界、記号の意味よりも音声、形態の類似を巡って織りなされる驚異の魅惑への偏愛を解説してもいる。すなわち作家が終世再読を止めないのはフロベールとジュール・ヴェルヌ、ルーセルとカフカ、レリスとクノー(『W』、一九二頁)だとしても、たとえばフロベールでは『ブヴァールとペキュッシェ』が、レリスでは『ゲームの規則』が関心の圧倒的な優位を占める。

全般的にかような性向の作家が自ら生み出すテクストの多くが、これと同様の性質を帯びるのはごく当然のことだろう。すなわち、逆説的に見えるが、『煙滅』、『戻って来た女たち』、『人生 使用法』など、いわばウリポ的制約によってエクリチュールが規制される稀なケースを除いて、ペレックの筆はもっぱら事項、項目の集積に向かう、あるいはその周辺を巡るのであって、人物たちが躍動するうちに、次々と筋を展開して行く、古典的な冒険譚とは本質的に相容れない。これこそまさに思い出をめぐる多くの自伝の試みにもみとめられたところで、欠落のある、触れたくない、触れがたい記憶を「迂回」しつつ、いかに作品として呈示すべきかが、七〇年代のほぼ全体を占める作家の懸案であった。『W』ではスポーツ村の委細を尽くした描写と組み合わされることで、また『場所』ではやはり街路の無機的な描写と巧みに配列される予定でそれは実現した。

これらいわば苦渋の決断、苦難の断念の果てに姿を現したのが『思い出す』であった。

そしてそれはあらゆる付随物を廃し、もっぱら思い出だけで、思い出の集積として呈示された。どうしてなのか。もちろん近因はモデルを提供したブレイナードにあるだろう。しかし、ペレックがこの実作を手にしたのは後のことに過ぎず、しかもマシューズの紹介には不精確なところがあったらしい。ともかくも、思い出に集中していた作家はそのおおよその作品概念に即座に反応したのであり、それこそが『思い出す』を独自のものとすることになった。

このような事態、すなわち項目の列挙を放置して、物語の創出を読者に任せるという作品観にはさらに二つの「遠因」が作用しているように思われる。一つはレーモン・ルーセル。マシューズはルーセルの研究者、ルーセル的創作の実践者でもあり、ペレックとの邂逅後は盛んにルーセル論を戦わせていたに違いない。七七年には共作の論考「ルーセルとヴェネチア」を発表しているし、たとえば『額の星』を思わせる「宝探し」を主題としたマシューズの小説をペレックがフランス語訳してもいる。彼らの元祖の創作法とは、よく知られているように、まさに語の喚起力、音声、形態、意味の類似を手立てに物語を生み出すことであり、同じ手法はレリスにも大きな影響を与えた。ペレックは一時、かの『場所』を「ロチ・ソリ」と名づけていたらしいが、これは明らかにルーセルの上のような手法を用いた小説『ロクス・ソルス』の読み替えである。すなわちペレックがこのタイムカプセル作品を「独自の場所」と捉えていた証左である。『思い出す』に移行して、その思い出の部分を独立・発展させるに及んで、作家はあえて物語への発展、事項の解説の部分を廃除した。各項目の具える喚起力が読者にルーセル的創造とは言わぬまでも、連想による物語の胚胎を可能にするにちがいないとの決断のもとに。

もうひとつは、やや唐突ながら、『枕草子』からのもっと遠い反響である。ジャック・ルーボーを介しての短歌・囲碁を中心とする圧倒的な日本文化の習得の時期を経て、おそらく『思い出す』の着想と同じ時期に、独自に親しむことになったのがこの平安朝の随筆だが、なかでも作家を魅惑して止まなかったのがその類聚、すなわち「ものづくし」の概念だった。列挙、枚挙の優れた先人として「心ときめきするもの」、「すぎしかた戀しきもの」などを随筆、論考で進んで紹介すると同時に、自らも同じ概念の目録の作成を試みようとした。もう一つの先取りによる剽窃である。ルジュンヌは『思い出す』の草稿が綴られた帳簿の初めのページにペレック版「枕草子」のリストが存在することを記している（p.242）。ここまでにすでに指摘した作家の生来の傾向をいわば「聖別」するようなかたちで、清少納言がペレックのリストにお墨付きを与えにやってきたのである。以来この作家においてはリストのみからなるテクストが作品として発表されることが頻繁となるが、『思い出す』はそのような試みの初期のものの一つ、それも最大規模のものと言うことができるだろう。そしてここでは、項目の列挙が喚起する魅惑こそが作品の原動力となるだろう。

しかしながら、事項の目録をまえに、自由な連想を働かすには、それら事項が意味するところのものを精確に把握することが前提となる。

*

実際、ほぼ九〇年代のはじめ、『思い出す』のテクストをはじめて手にしたとき、最初のページを開けるや早々に訳者が始めたのはひたすらその内容把握に関わる作業だった。作者と生年が比較的近いとは言え、時空を隔てた文化にまつわる事象の探索は、情報機器が普及する以前だったこともあり、遅々として進まなかった。九二年夏、思い立ってパリに滞在し、諸図書館、博物館、資料館を経巡って、項目内容の徹底究明を図った。さらに数年の充足を経て、ようやく「注釈」らしき体裁も整ったと判断し、九六年から四年間、勤め先の大学の紀要に、本文に添えるかたちで百二十項目ずつ、四回に分けて発表した。三回目を掲載しようとしていたおりしも、拙論とまったく同趣旨の試みがフランスで行われたすえに刊行されたとの情報をキャッチ、早速取り寄せてみるや……内容の質・量ともに彼我の差歴然という以上のものだった。著者ロラン・ブラッスール、題して『触れがたくして微細なるもの――《ぼくは思い出す》のための注釈』。九八年一月にトロワで三百部自費出版されたこの仮り綴じ冊子は、同じ年のうちに『ペレックの《思い出す》を思い出す』と、さらに『《思い出す》をよりよく思い出す』とたちまちタイトルも内容も改め、図版・写真を満載して版を繰り返した。「忘れっぽい、そして知ることのなかった世代のために」という副題は、フランス人にとっても近い過去を「思い出す」ことが必ずしも容易ではないという意味で、一種の励ましにはなったものの、訳者とほぼ同年の、それも情報論の専門家によるらしいこの著作の訳者に与えた衝撃のほどは凄まじく、掲載中の論考の残りは、この書を「なるべく見ないようにする」という禁じ手のうちに終幕へと邁進せざるをえなかった。

以来過ぐること幾星霜、この解説書を越えたというのではないにせよ、解釈、注釈に関わる情報そのものとその検索法もすっかり国境を越え、その後のパリ滞在のたびに注釈も少しずつ改まった。日本語で読めるペレック作品もほとんど出そろい、『思い出す』が一種の欠落のように見え始めたことから、訳者としてもついに、注釈を加えた本書の出版を考えるようになった。

本文と注釈の配列については、読みやすさの観点からして大いに迷うところがあったが、後者は原理的にはあくまでも「蛇足」である以上、独立させて末尾にもってきた。また同じ理由から、注釈は最小限に留め、不要な原語などはできるかぎり排除した。他にも以下のような諸点を凡例に代えて記しておこう。

・注釈ではペレックの他作品にも触れることに努めたが、とりわけ固有名のみが現れるリスト様式のもの、クロスワード・パズル、クイズなどのテクストは省かれている。

・全般に初期の注釈に関わる情報は書物から得られており、その多くは、引用したか否かを問わず書誌が示されている。ただ、辞書、事典などの閲覧書目ならびにインターネットのサイトで公開されている情報の詳細は記していない。

・注釈のみでは理解しにくい、あるいは実物を目にしたい事象に関しては写真、図版の掲載を心がけたが、版権とのかねあいで実現できなかったものも多い。しかし今日では注釈ならびに索引中の人物・事物の詳細から図像、画像、音源が容易に再現できる。

・注釈文中に「現存する」、「現在」などとあるのは、最終確認を行った二〇一四年夏の時点に対応している。

・索引は原則として原文をアイウエオ順に並べ替えたものだが、人物については生歿年を追加したものが多い。なおこれらの年号ならびに項目の分類、綴り、表記などに多少の異同が見られるが、極力原文に拠った。

・索引は本文にのみ対応している。複数項目にまたがる人物・事物の確認などに有用なうえに、思わぬ可能性の発見があるかもしれない。

*

ここまでにも記したとおり、やや誇張して言えば二十年におよぶ、ペレックの思い出を探る行程の仕上げを図って、二〇一四年夏、パリもペレックの生誕の地、ベルヴィルに滞在した。「ヴァクヴァ」(314)あるいは「タイヤを履いた〔地下鉄〕車両」(240)など、画像のいくつかの補充を主な目的に、公園になり変ったヴィラン通りの傍らに住むことにさほど意味があったというのではないが、それでも新たな発見がないわけではなかった。たとえば、エディット・ピアフ(49)――ベルヴィル通り七二番地の入り口に、ここの階段で未来の大歌手が生まれた旨の銘版が掲げられている――がペレックと「生まれ故郷」を共有するという事実。つまり彼女がヴィラン通りの思い出に所属し、作家がそのことに見かけ以上の親しみを覚えていた可能性がある。さらに、街路のあちこちに記された、半世紀少し前の学童の集団拉致を思い出させる立て札。

この「あとがき」でも、ペレックのそのような側面を少し強調しすぎたかもしれない。『思い出す』は、作者の意図としてはあくまでも戦後から六〇年代にかけてのフランスの文化史、それもいわばサブカルチャーに焦点を当てた歴史=物語の断片なのであり、それら自体が特有の性質を秘める。例えば人物たちはしばしばB級、すなわちド・ゴールではなくその弟、バルドーではなくその妹というように。そして多くの行を埋める言葉遊び、悪ふざけ。読者はむしろ哄笑のうちに今なお存続する芝居小屋、映画館、ミュージックホールを辿り、変ったようで変らぬパリの街路を縦横に、徒歩で、メトロで、バスで作者の名残を追いかければよい。できればサミー・フレーの音源を耳に、ときおりテクストに目をやりながら……

＊

難解項目の攻略に知恵を、さらにテクストの全般に貴重な情報・資料をご提供くださった数えきれない先学、(元)同僚、知人、友人の方々に、そしてこれまで以上に厄介な草稿の細部の改善にご尽力くださった水声社編集部、神社美江さんに心からなる謝意と敬意をここに表させていただく。

二〇一五年三月　　　　　　　　　　　　　　　　　　　酒詰治男

著者／訳者について——

ジョルジュ・ペレック（Georges Perec）

一九三六年、パリ生まれ。一九八二年、同地に没した。小説家。一九六六年にレーモン・クノー率いる実験文学集団「ウリポ」に加わり、言語遊戯的作品の制作を行う。主な著書には、『煙滅』（一九六九。水声社、二〇一〇）、『Wあるいは子供の頃の思い出』（一九七五。水声社、二〇一三）、『人生 使用法』（一九七八。水声社、一九九二）などがある。

＊

酒詰治男（さかづめはるお）

東京生まれ。甲南女子大学文学部名誉教授。専攻、フランス文学。主な著作に、『文学をいかに語るか』（共著、新曜社、一九九六）、主な訳書に、ペレック『人生 使用法』（水声社、一九九二／二〇一三）、ペレック『家出の道筋』（水声社、二〇一一）、ペレック『Wあるいは子供の頃の思い出』（水声社、二〇一三）などがある。

装幀――宗利淳一

ぼくは思い出す

二〇一五年五月二〇日第一版第一刷印刷
二〇一五年五月三〇日第一版第一刷発行

著者　ジョルジュ・ペレック
訳者　酒詰治男
発行者　鈴木宏
発行所　株式会社 水声社
東京都文京区小石川二—一〇—一　いろは館内
郵便番号　一一二—〇〇〇二
電話　〇三—三八一八—六〇四〇
http://www.suiseisha.net

印刷・製本　精興社

ISBN 978-4-8010-0095-7
乱丁・落丁本はお取り替えいたします。